O DIA SEGUINTE

O DIA SEGUINTE

Luis Eduardo Matta

escrita fina

Texto© Luis Eduardo de Albuquerque Sá Matta,
Representado por AMS Agenciamento Artístico, Cultural e Literário Ltda.
Copyright© 2011 desta edição *by* Escrita Fina Edições

Grafia atualizada segundo o Acordo Ortográfico da Língua Portuguesa de 1990, em vigor no Brasil desde 1º de janeiro de 2009.

Todos os direitos reservados e protegidos pela Lei 9.610, de 19 de fevereiro de 1998.
É proibida a reprodução total ou parcial sem a expressa anuência da editora.

Coordenação editorial: Laura van Boekel
Editora assistente: Carolina Rodrigues
Editora assistente (arte): Luíza Costa
Capa: Suiá Taulois
Revisão: Armênio de Oliveira Dutra

CIP-Brasil. Catalogação na fonte.
Sindicato Nacional dos Editores de Livros, RJ.

M385d

Matta, Luis Eduardo, 1974-
O dia seguinte/Luis Eduardo Matta. – 1ª ed. – Rio de Janeiro: Escrita Fina, 2011.
252p.

ISBN 978-85-63877-33-8

1. Terrorismo – Literatura infantojuvenil. 2. Novela infantojuvenil brasileira. I. Título.

11-2454	CDD: 028.5	CDU: 087.5

Escrita Fina Edições
[marca da Gráfica Editora Stamppa Ltda.]
Rua João Santana, 44
Rio de Janeiro, RJ | 21031-060
Tel.: (21) 3833-5817
www.escritafinaedicoes.com.br
Printed in Brazil/Impresso no Brasill

Dedico este livro aos amigos Ram Rajagopal e Edney Silvestre, dois brasileiros que conhecem Nova York como poucos.

Também às escritoras Helena Gomes e Martha Argel, amigas queridas e companheiras nesta nossa luta literária de cada dia.

E, por fim, a todas as vítimas da tragédia de 11 de setembro de 2001. Os que se foram e os que ficaram. A eles, minha sincera e comovida homenagem.

PRÓLOGO

Antônio não se lembrava de ter visto a mãe tão angustiada como naquela manhã. Ele sabia muito bem a razão – afinal, há pouco mais de um mês partilhavam a mesma agonia. Mas agora a aflição de Leila havia atingido um grau insuportável e estava tão visível em seu rosto abatido, que Antônio se perguntou se as muitas pessoas que passavam por eles não estariam notando. Os dois caminhavam lado a lado, em passos lentos, porém duros. Antônio tentava aliviar o clima pesado, falando amenidades.

— Será que o *seu* Yaakov vai achar ruim se eu for com você? — ele perguntou, casualmente.

— Não é "*seu* Yaakov", querido. É "sr. Zilberman". Aqui nos Estados Unidos tratamos as pessoas pelo sobrenome e não pelo primeiro nome, como fazemos no Brasil.

— Tudo bem. — Antônio deu de ombros. — Mas é por causa dele, do "sr. Zilberman", que você não quer que eu tome café da manhã com vocês?

— Não. Não é por causa dele. É que não é um momento apropriado — respondeu Leila, fazendo um carinho de leve no cabelo do filho. — A reunião vai ser demorada e muito tensa. Você vai achar uma chatice.

— Mas eu queria tanto conhecer esse restaurante... Já me disseram que a vista de lá é linda...

— E é mesmo. Por que não almoçamos lá mais tarde? A reunião não deve durar mais do que duas horas. — Ela conferiu o horário no relógio de pulso, um caríssimo Cartier de ouro. — E ainda são oito e vinte. Vai dar tempo de sobra.

Os dois tinham acabado de deixar o hotel Marriott e não precisaram passar pela rua para se dirigir ao *lobby* da Torre Norte, já que um acesso interno ligava os dois prédios, entre os sete que formavam o complexo do World Trade Center, no extremo sul da ilha de Manhattan, em Nova York.

Leila e Antônio haviam chegado ontem de São Paulo, onde moravam. Dormiram pouco, por causa da expectativa da reunião e das revelações que Yaakov Zilberman iria fazer sobre o seu marido.

Alcançaram a Torre Norte. Antônio correu os olhos pelo *lobby* amplo, elegante e claro. A luz natural entrava generosa pelas fileiras de altas vidraças que circundavam o espaço. O dia glorioso de verão do lado de fora convidava a um passeio pela sedutora e trepidante metrópole.

Havia um grande movimento de pessoas no *lobby*. A maioria chegando apressada para trabalhar nos escritórios espalhados pelos mais de cem andares do edifício. Antônio olhou para a mãe. Ela estava muito bem-vestida, discretamente perfumada e maquiada e com o cabelo escuro bem-arrumado. Sentiu orgulho dela. E, naquele instante, percebeu que ele, também, estava muito ansioso.

É claro que ele desejava observar a cidade lá do alto, mas a razão pela qual ele queria subir era outra: era acompanhar a mãe, era estar ao lado dela naquelas horas que prometiam ser difíceis. Depois do desaparecimento do pai, ele e Leila praticamente só tinham um ao outro. Ele se sentia impotente por não poder oferecer mais à mãe, que sofria em silêncio e estava enfrentando, sem o apoio de ninguém, uma crise muito, mas muito grave. Uma crise que parecia ameaçar o futuro deles.

Antônio sonhava em reencontrar o pai, mas, naquele momento, só pensava na mãe, bem ali à sua frente. Tinha medo que ela não conseguisse aguentar a pressão pela qual vinha passando. Tinha medo que ela acabasse sendo alvo da vingança de alguém incomodado com a investigação que o pai vinha empreendendo por conta própria e que, um mês atrás, o levara a Nova York.

Tinha medo, muito medo de perdê-la. Ela era a sua família. Como conseguiria viver, se ela desaparecesse para sempre?

Volta e meia esses pensamentos lhe vinham à cabeça e Antônio tratava de afastá-los na hora. Era o seu maior medo. Mas a mãe estava bem ali à sua frente, viva e saudável. Aquilo o deixou mais calmo.

Seria, apenas, uma reunião, afinal. E num lugar público. Nada de mau poderia acontecer.

— Por que você não volta para tomar o café da manhã no hotel? — Leila perguntou. — Tem um bufê lindo lá, coisas deliciosas para comer...

— Acho que vou dar uma volta. Não vim a Nova York para ficar preso num hotel. Vou andar aqui por perto e descobrir um lugar legal para comer um *bagel*. — Antônio tinha assistido, semanas atrás, a um filme onde um personagem saboreava um *bagel* de cebola e, desde então, estava fissurado na ideia de experimentar um.

— Me encontre aqui no *lobby* ao meio-dia para subirmos para almoçar no Windows on the World. Vou deixar reservada uma mesa perto da janela.

Os dois se abraçaram, um abraço apertado, forte, cheio de afeto. Com lágrimas nos olhos, Leila disse a Antônio:

— Eu te amo, meu filho. Torça por mim na reunião. E vá com cuidado.

— Eu também te amo, mamãe. Boa sorte.

Antônio viu Leila se afastar para tomar o elevador. Ele não podia imaginar que nunca mais veria sua mãe.

Era 11 de setembro de 2001 — o relógio marcava 8:29 quando Antônio deixou o prédio para a claridade da manhã de Nova York. O céu exibia um azul intenso. A temperatura era gostosa. Saiu sem rumo pela Rua Oeste, já tomada por veículos naquele horário, e dois quarteirões adiante percebeu que havia se esquecido de trazer dinheiro. O jeito era voltar ao hotel para apanhar. O *bagel* teria de esperar um pouco mais.

Leila Wassouf acelerou o passo, ouvindo os saltos dos seus sapatos estalarem sobre o piso reluzente de granito cinza do *lobby*. Torcia para que o filho não tivesse percebido o seu desespero. Ele tinha 14 anos. Um adolescente. Mas, para ela, ele seria para sempre uma criança.

O fato é que ela estava tensa.

Muito tensa.

A cada minuto mais tensa.

No dia 8 de agosto — pouco mais de um mês atrás — seu marido, Farid, desaparecera. Desde que viajara a Nova York para participar de uma reunião similar à que ela teria em instantes. Com o mesmo homem que a aguardava para aquele inusitado café da manhã.

Ela acreditava que o marido estava morto. O homem lá em cima, que já devia estar à sua espera, afirmava que não. Que aquilo não era possível.

Os dois eram sócios na Wazimed, firma binacional que tinha duas sedes — uma em Nova York, instalada naquele prédio, e outra no Brasil, que funcionava no décimo-quinto andar do World Trade Center de São Paulo.

A Wazimed — cujo nome misturava as duas primeiras letras dos sobrenomes dos dois sócios (Wa e Zi) — era uma empresa de comércio e distribuição de vitaminas, remédios fitoterápicos e suplementos alimentares entre os Estados Unidos e a América do Sul e representava com exclusividade vários laboratórios e fabricantes. A maioria dos produtos era exportada dos Estados Unidos, mas o Brasil também vendia produtos para os americanos, como fibras de frutas, gérmen de soja, guaraná em pó e cápsulas de acerola e de maracujá, entre outros.

Alguma coisa errada estava acontecendo na empresa. Seu marido havia comentado. Por isso ele viajara. E, muito provavelmente, por isso ele sumira.

Agora ela estava ali, a poucos minutos de saber de toda a verdade.

Leila tomou um elevador expresso para o *lobby* intermediário, no 78° andar — conhecido como *Sky Lobby* —, e em seguida, seguiu num segundo elevador até o 107° andar, o último da Torre Norte, onde ficava o Wild Blue, o mais exclusivo e charmoso espaço do Windows on the World.

Yaakov Zilberman a aguardava numa mesa, de onde se tinha uma estupenda vista do rio e da Estátua da Liberdade. Leila foi cordialmente recebida por uma das gerentes do estabelecimento, que a conduziu até a mesa.

Yaakov levantou-se e abotoou o paletó para receber Leila, num gesto respeitoso. Ela se sentou em frente a ele.

— Vamos direto ao ponto, Yaakov — Leila disse, em inglês. — O que aconteceu com Farid?

O semblante de Yaakov era o de um homem preocupado. Ele parecia estar sendo sincero.

— Foi por isso que a chamei aqui. Precisamos conversar. Estamos com um problema sério na firma. Andei investigando e... Bem, e foi por isso que Farid desapareceu.

Leila estava assustada.

— O que você descobriu?

Yaakov apontou para um garçom, de pé pouco atrás dela.

— Não quer fazer o pedido antes?

— Estou sem fome. Vamos, Yaakov, você está querendo me dizer o quê? Que Farid descobriu o que estava acontecendo e por isso foi morto? Ou está insinuando que ele é o responsável por esse problema na firma?

Yaakov olhou casualmente pela janela, sem ver que um avião se aproximava perigosamente do prédio.

— Leila, eu marquei o nosso encontro aqui no Windows, porque o escritório não é um lugar seguro. É muito possível que haja escutas eletrônicas. E acredite em mim: foi o Farid que...

Ele não completou a frase. De repente, todo o andar foi furiosamente sacudido, como um veículo que acaba de ser atingido em alta velocidade na traseira por um outro, maior. O impacto arrancou Leila e Yaakov das suas cadeiras com violência e arremessou-os no chão.

Eram 8:46. O inferno havia começado.

CAPÍTULO 1

Antônio estava há um minuto no quarto ocupado por ele e pela mãe, no décimo andar do hotel Marriott, e havia acabado de encontrar sua carteira no fundo da mala, quando ouviu um estrondo do lado de fora. Talvez tivesse sido só impressão, mas ele era capaz de jurar que o quarto havia tremido ligeiramente.

O que teria sido aquilo?

Ele foi até a janela, que dava para os fundos, para a praça interna do complexo do World Trade Center, e viu algumas pessoas correndo. Algumas gritavam e gesticulavam freneticamente, olhando para o alto. Antônio seguiu o olhar delas e viu uma fumaceira densa se espalhando pelo ar. Ela estava saindo de uma das Torres Gêmeas. A da esquerda. Onde estava sua mãe.

Um incêndio.

Antônio apavorou-se e esticou os olhos, tentando enxergar o máximo que podia. Com certeza houve uma explosão num dos andares. Gás, talvez. Ou, então, no sistema de ar-condicionado. Ele se lembrava de ter acontecido algo assim numa casa, em São Paulo, perto de onde um amigo morava e o barulho era assustador. Como se quilos de dinamite tivessem sido detonados. O incêndio estava acontecendo um pouco abaixo do topo, onde sua mãe estava, mas isso estava longe de deixá-lo aliviado. Sua esperança era que, àquela altura, ela já estivesse se preparando para deixar o prédio, junto com todas as outras pessoas.

Suando frio de pânico, Antônio teve dificuldades de localizar sua mochila, que estava bem na sua frente. Sua cabeça estava longe. Ele só pensava na mãe e no próprio medo, que parecia querer engoli-lo. Abriu a mochila e jogou a carteira dentro dela. Aproveitou e colocou seu passaporte, também. Se o prédio ao lado estava pegando fogo, era bem capaz de o hotel ser evacuado por medida de segurança. E ele não podia ficar sem um documento. Leila devia estar com o passaporte dela na bolsa. Ele procurou pelos bilhetes aéreos. Se decidissem voltar para o Brasil e o hotel ficasse interditado, era só ir direto para o aeroporto. Encontrou-os na mala da mãe, dentro de um compartimento separado e fechado por um zíper. Colocou-os na mochila e fechou-a, pendurando-a nas costas

Ao sair do quarto, encontrou o corredor tomado por pessoas muito nervosas – outros hóspedes – que falavam alto e pareciam muito apressadas. Uma parte não quis esperar o elevador e desceu pelas escadas. Antônio, embora soubesse falar inglês, não estava entendendo direito o que era dito, pois todos falavam muito depressa. Deu para perceber, porém, que tinha a ver com o incêndio na Torre Norte. Ele ouviu várias vezes a palavra "plane" (avião). Talvez um avião estivesse sendo enviado para apagar o fogo. Só podia ser isso.

Ele esperou angustiado o elevador chegar e, junto com um casal idoso e uma mulher asiática, entrou e apertou o botão do térreo. Antônio olhou para as pessoas à sua volta ali dentro. Todas estavam mergulhadas num silêncio tenso. Uma das mulheres, a mais velha, suava muito na testa. Não era suor de calor. Era suor de quem estava apavorado.

Foi um alívio quando o elevador se abriu e eles se viram em terra firme. O movimento ali era anormal. Muita gente atravessava apressada o *lobby* em direção à saída. Antônio reparou que a maioria vinha dos acessos internos às Torres Gêmeas. Era como se estivessem em rota de fuga. E estavam mesmo.

Antônio lembrou-se de o pai dizer que os norte-americanos eram meio paranoicos com segurança, mas aquilo ali não era paranoia. Era real. Ele correu até a recepção, onde uma moça falava sem parar ao telefone, atendendo uma chamada após a outra.

— Bom-dia — ele falou, num inglês trêmulo, aparentemente sem ser ouvido.

A moça continuava falando ao telefone. Um segundo funcionário ergueu os olhos para atendê-lo:

— Sim?

— É que eu estou saindo e queria deixar um recado para a minha mãe, caso ela me procure.

— Sua mãe está hospedada aqui com você?

— Sim.

— É melhor vocês saírem do hotel, então. Não é seguro ficar aqui. Houve um acidente horrível na Torre Norte aqui ao lado.

Antônio parou de repente. Uma angústia ainda mais forte se apossou dele.

— O que exatamente aconteceu na Torre Norte? — perguntou.

— Parece que um avião se chocou contra ela. Ainda não sabemos ao certo. Uma parte dele caiu no teto aqui do hotel.

— Um avião...? — Antônio murmurou, aterrorizado, mais para si mesmo do que para o homem à sua frente.

Então um avião tinha se chocado contra a Torre Norte? Mas como isso era possível?

— A coisa é muito grave? — Antônio perguntou, já sabendo a resposta.

— O que você acha? — o rapaz respondeu, ríspido.

18

Antônio na mesma hora esqueceu o recado que deixaria a Leila e correu para fora do hotel. Chegando à rua, encontrou uma multidão aglomerada nas pistas onde, minutos atrás, só havia carros em movimento numa manhã comum em Nova York. Todos tinham os rostos perplexos voltados para a mesma direção: o alto da Torre Norte, de onde brotava uma coluna generosa de fumaça negra, que se erguia e se espalhava pelo céu como que brotando de uma alta e bojuda chaminé de fábrica.

Antônio ergueu um pouco mais os olhos, até o topo do prédio. Sua mãe estava ali, em algum lugar. Provavelmente, em desespero, procurando uma maneira de sair. Sentiu um nó na garganta. O chão lhe faltou e ele sentou-se no meio-fio, tentando processar tudo o que estava acontecendo.

Há menos de meia hora ele e sua mãe caminhavam lado a lado e agora ela estava no topo de um edifício de mais de cem andares que havia sido atingido por um avião.

Por um avião...

Talvez um avião de passageiros. Quantas pessoas já não teriam morrido?

Correu os olhos por todos os lados, em busca de um carro dos bombeiros. Será que existia em Nova York, uma cidade com tantos arranha-céus, uma escada Magirus comprida o bastante para alcançar o alto daquela torre?

Tinha de existir. Os Estados Unidos eram um país tão adiantado... E aquelas torres já existiam há quase trinta anos, pelo que sua mãe contara. Além do mais, em 1993 o World Trade Center havia sofrido um atentado terrorista. O complexo teve de ser evacuado às pressas. Era razão mais do que suficiente para a prefeitura providenciar um veículo de resgate compatível com a altura daqueles prédios.

Havia, ainda, a alternativa de um resgate por helicóptero. Sua mãe estava no último andar. Bastava ela subir um lance de escada e estaria ao alcance de um helicóptero, que poderia lançar uma corda ou uma rede para salvá-la. Isso era possível, não?

Alguns helicópteros sobrevoavam a torre, mas a fumaça inibia uma aproximação. Antonio tinha esperanças que o fogo logo diminuísse e eles pudessem iniciar o resgate. Muitos bombeiros uniformizados e equipados também chegavam ao local.

O número de pessoas na rua aumentava a cada minuto. Até aquele momento a impressão geral era de que tudo não passara de um acidente. Mas, pouco depois das nove da manhã, Antônio ouviu o zumbido de um Boeing da United Airlines, que passou acima de todos e atingiu em cheio a Torre Sul, explodindo num estrondo pavoroso e levantando uma bola alaranjada e negra de fogo e fumaça.

Antônio não estava acreditando no que via. Parecia o filme-catástrofe *Independence Day*, a que assistira em vídeo uns meses atrás. Na rua, os gritos de terror se multiplicavam e o pânico atingia níveis críticos. Destroços do prédio voavam para todos os lados, em meio à densa fumaça que se avolumava, e caíam sobre as pessoas que, na tentativa de registrar o que acontecia, se movimentavam, horrorizadas e desnorteadas, sem saber bem para onde ir e o que fazer. Policiais gritavam e gesticulavam energicamente, tentando colocar um mínimo de ordem naquele caos. Era desesperador assistir de perto àqueles dois edifícios altíssimos como montanhas, que, vistos de baixo, pareciam realmente tocar o céu, serem destruídos como se fossem duas estruturas de brinquedo. Ao mesmo tempo, porém, não havia como desgrudar os olhos de lá. As Torres Gêmeas eram uma espécie de ímã macabro para os olhares de toda a multidão concentrada ali na rua. Pessoas suando sob um sol desconfortável e ameaçadas, a qualquer momento, de ser esmagadas pelo desabamento do complexo, mas que simplesmente não conseguiam ir embora.

Há dois anos, quando o mundo se preparava para entrar no ano 2000, Antônio ouviu muitos amigos afirmando que o planeta acabaria no começo do século XXI, que profecias antigas anunciavam o fim dos tempos com clareza para aquela época. Antônio nunca levou nada disso a sério.

Agora ele começava a acreditar.

CAPÍTULO 2

ÀS 9:50, TRANSCORRIDA POUCO MAIS DE UMA HORA desde a colisão do primeiro avião, as ruas daquela parte da ilha de Manhattan tinham se transformado num pandemônio. E as duas torres, em chamas, em autênticos cenários de horror.

Para piorar, chegavam notícias de que um Boeing 757, da American Airlines, havia se chocado contra o Pentágono, a sede do Departamento de Defesa dos Estados Unidos, em Washington, o que vinha confirmar as suspeitas de que, de fato, o país estava sendo vítima de um ataque terrorista monumental.

O fogo nas Torres Gêmeas, longe de ceder, só aumentava. A multidão estava em pânico. Muitas pessoas, num ato extremo de desespero, tinham se atirado dos andares em chamas diretamente para a morte, em solo. Antônio não desgrudava os olhos do topo da Torre Norte. Não havia como sair dos andares acima do local do impacto, comentavam algumas pessoas na rua, que diziam ter se informado com membros da equipe de resgate.

Então Leila só podia estar lá. Viva e em agonia, ou já morta sufocada pela fumaça. Antônio começou a chorar. Era um pesadelo. Tudo o que queria era que alguém – sua mãe, de preferência – aparecesse para acordá-lo. Ele, então, se veria na quietude e no aconchego do seu quarto, em São Paulo, com a mãe preparando pessoalmente o café da manhã na copa, como ela costumava fazer todos os dias bem cedo, antes de ele sair para a escola.

Seu pai havia desaparecido. Agora sua mãe também estava prestes a deixar aquele mundo. O que ele faria da vida? Estava sozinho. Desamparado. Sem família.

Sem os pais...!

Não tinha mais ninguém no mundo a quem recorrer. Seus avós, a quem vira duas ou três vezes na vida, moravam longe – na Síria. Falavam uma língua que ele não entendia. Tinham costumes dos quais ele não partilhava. Seu pai se mudara para o Brasil ainda jovem e, rapidamente, absorveu a cultura do Ocidente, renunciando ao seu passado. Ele amava o Brasil e a língua portuguesa, que falava sem nenhum sotaque e apreciava a tolerância entre os povos, a ponto de ele, um árabe cristão, ter fundado uma empresa em sociedade com um norte-americano judeu. Dois homens — Farid Wassouf e Yaakov Zilberman —, que, no tabuleiro do mundo, tinham tudo para ser inimigos de morte, haviam se tornado grandes amigos, desde que estudaram juntos numa universidade dos Estados Unidos, há mais de vinte anos.

A família de Farid, especialmente os pais, é claro que desaprovava essa aliança, e esse foi um motivo a mais para ele aumentar seu distanciamento dela. Como ele poderia confiar num judeu?, praguejavam os pais, na distante cidade de Aleppo. Os judeus eram inimigos dos árabes, diziam. Os judeus tomaram dos árabes a terra que eles chamam de Israel e, desde então, passaram a dedicar seus dias a dizimar os povos à volta.

Quantas vezes Antônio escutara absurdos assim? Quantas vezes ele vira seus pais perderem a paciência com parentes que vinham visitá-los no Brasil e passavam os dias matraqueando nos ouvidos deles que Farid estava "fazendo papel de tolo". Que um dia Yaakov Zilberman iria lhe passar a perna e, imediatamente, arrumar um sócio judeu, porque judeus só gostam de judeus e, ainda por cima, Farid e Leila eram sírios. A Síria e Israel – o Estado Judeu – eram inimigos há décadas. Entre um judeu e um sírio, de que lado Yaakov ficaria?, perguntavam.

Um mês antes, quando Farid desapareceu depois de ter viajado aos Estados Unidos para encontrar-se com Yaakov, Leila não comentara nada com a família, com medo que eles dissessem que as premonições haviam se concretizado. Que Yaakov, enfim, havia posto em prática seu plano de trair Farid. De destruí-lo.

Um rebuliço despertou Antônio dos seus devaneios. O solo estremeceu. Misturando-se à sinfonia atordoante de buzinas e sirenes e aos gritos desesperados da multidão, um estrondo assustador espalhou-se pelo ar. A Torre Sul havia entrado em colapso e começava a desabar, dissolvendo-se como um biscoito de farinha numa nuvem monstruosa de poeira e destroços, parecida com os cogumelos de fumaça deixados pelas explosões de bombas atômicas que Antônio vira várias vezes em filmes. O barulho produzido pelo desmoronamento era insuportável.

Antônio ainda teve tempo de olhar uma última vez para a Torre Norte e certificar-se de que ela continuava de pé, antes que a poeira densa se espalhasse pelo ar e invadisse as ruas. A manhã ensolarada havia escurecido, como se estivesse começando a anoitecer. A confusão era enorme. As pessoas corriam em pânico e, para proteger o nariz da poeira, tapavam os rostos com máscaras e pedaços de tecido — alguns tinham sido rasgados de qualquer maneira das próprias roupas. Até os policiais pareciam descontrolados.

Antônio foi empurrado uma vez, duas vezes. Ouvia pessoas próximas a ele chorando alto, outras desmaiavam. Um bolo de fumaça amarelada, cheirando a enxofre, avançava na sua direção. Foi tudo muito rápido. Tentou correr, mas a tensão e o medo lutavam contra ele. Antônio sentiu que começava a perder os sentidos. Sua visão foi tomada por pontinhos brancos. Os dedos formigavam.

Foi quando ele ouviu uma voz feminina chamando seu nome:

— Antônio...! Antônio...!

Sua mãe?

Estaria ouvindo coisas? Tipo uma miragem auditiva?

Antônio virou-se no momento em que a fumaça o tragou. O ar tornara-se irrespirável. Alguma coisa dura golpeou-lhe a cabeça e, então, ele sentiu o ar lhe faltar, antes de cair, desacordado, sobre o asfalto quente e imundo da rua.

CAPÍTULO 3

As visões e sons do caos se multiplicavam na cabeça de Antônio. O choro convulsionado de uma senhora que estava junto a ele, na multidão. As muitas sirenes ecoando ao mesmo tempo. A poeira compacta. O sol cada vez mais ofuscante. Os helicópteros voejando sobre as torres, à espera de um momento, qualquer um, em que pudessem se aproximar mais e resgatar as vidas que estavam lá dentro, ardendo com a fumaça e a agonia.

Antônio suava. A cabeça latejava. O centro do peito estava pressionado por uma sensação de aflição. Que manhã era aquela? Agora, o calor tinha se tornado mais forte. Antônio se remexeu, entreabrindo os olhos. Alguma coisa estava errada. Sua visão, embaralhada, aos poucos se tornava mais nítida. Não ouvia mais as sirenes, nem os gritos, nem o ronco monstruoso que encheu o ar quando a Torre Sul desabou.

Havia silêncio. Um silêncio absoluto. Ele firmou a vista, escancarando os olhos. Sua testa estava suada. Ele olhou à volta, sem reconhecer onde se encontrava. Um hospital, talvez. Mas o quarto era bonito e acolhedor demais para o de um hospital. As paredes eram revestidas de um papel em cores sóbrias. Um belo lustre pendia do teto acima dele. A janela, ladeada por grossas cortinas de veludo, estava parcialmente aberta, permitindo a entrada de ar e de alguma luminosidade. Pelo visto, ainda era dia claro.

A voz de uma mulher se fez ouvir, quando ele ergueu a cabeça, fazendo menção de se levantar:

— Olá! — ela dissera, em inglês.

Antônio olhou para o outro lado e viu uma mulher loura, que devia ter uns quarenta e poucos anos, sentada numa poltrona ao lado da cama. Ela tinha olhos azuis faiscantes, estava muito bem-vestida e usava um perfume suave.

— Fala inglês, suponho... — ela completou.

— Sim. — Ele teve medo de fazer a pergunta que pretendia, mas a fez assim mesmo: — Quem é você?

— Meu nome é Edwina. Edwina Whitaker. Eu era assessora de Yaakov Zilberman. Meu marido é um dos vice-presidentes da Wazimed.

Antônio estava confuso:

— Não entendi direito. Você disse que *era* assessora do sr. Zilberman. — Ele se lembrara do que a mãe lhe dissera: que, nos Estados Unidos, as pessoas se tratavam pelo sobrenome.

Edwina Whitaker balançou a cabeça, tristemente.

— Yaakov Zilberman faleceu esta manhã. Por causa dos atentados ao World Trade Center. Quando a Torre Norte desmoronou.

Antônio sentiu um aperto no peito e encolheu-se na cama.

— A Torre Norte... desabou?

— Sim. Vinte e nove minutos depois da Torre Sul.

— Minha mãe estava lá com o sr. Zilberman — ele suplicou. — Me diga que ela sobreviveu. Por favor!

Antônio se lembrava da voz feminina chamando por ele no meio da confusão nas ruas no entorno do World Trade Center. Mais ninguém o conhecia em Nova York. Então, só podia ser ela. Sua mãe. Somente sua mãe o conhecia lá.

Ela estava viva, é claro que estava!

Mas a expressão cabisbaixa da mulher ao seu lado dizia o contrário.

O silêncio que se seguiu liquidou qualquer resquício de esperança que Antônio ainda pudesse alimentar. Nenhuma frase, por mais clara que fosse, poderia ser mais objetiva do que aquilo. Antônio cobriu o rosto com as mãos e começou a chorar. Edwina pareceu respeitar aquele momento e conservou-se a distância.

Passaram-se uns cinco minutos e a porta do quarto se abriu. Uma mulher ruiva, que também devia ter por volta dos quarenta anos, apareceu. Sua expressão misturava dor e compaixão. Ela sentou-se na borda da cama e tomou as mãos de Antônio.

— Pelo visto, você já sabe de tudo.

Antônio não respondeu. Apenas ficou olhando para ela, com os olhos embaçados.

— Pode descer, Edwina. Receba as pessoas lá embaixo para mim, por favor.

Edwina fez uma mesura com a cabeça e saiu do quarto.

— Temos de ser fortes, Antônio — a mulher ruiva disse.

Antônio.

Ela sabia seu nome. E sua voz era muito familiar.

— Foi você que chamou por mim lá na rua, antes de eu desmaiar?

Ela fez que sim com a cabeça.

— Eu fui para lá assim que soube que o World Trade Center tinha sido atingido por um avião. Meu marido estava na Torre Norte. Vi você na rua, parecendo meio desnorteado, e, logo depois, você foi atingido na cabeça por um dos escombros da Torre Sul e desmaiou. Um médico o examinou e está tudo bem. Resolvi trazê-lo direto para cá, pois os hospitais estão lotados e muito tumultuados por causa de tudo o que aconteceu esta manhã.

Havia uma bondade enorme na voz daquela mulher. Seus grandes olhos verdes pareciam transbordar de dor e de ternura.

— Eu sou Rachel Zilberman — ela disse. — Mulher de Yaakov. E, de hoje em diante, viúva dele. Acabei de perder meu marido. E você perdeu sua mãe.

Antônio baixou os olhos. Rachel continuou:

— Muita gente deve ter morrido naqueles atentados. Muita gente mesmo. O World Trade Center foi completamente destruído. — A voz dela fraquejou. Antônio sentiu que ela estava tão triste quanto ele, mas fazendo um esforço tremendo para manter o controle. — Muitas famílias estão sofrendo neste momento. Mas quero que saiba...

Rachel ergueu o queixo de Antônio de maneira que ele a olhasse.

— Quero que saiba que você não está sozinho. Você, de hoje em diante, vai morar conosco. Pode ficar aqui pelo tempo que desejar.

Morar ali? Era um lugar bonito, sem dúvida. A julgar pelo quarto, a casa devia ser toda muito bonita. E a mulher parecia boa pessoa. Mas ele tinha seu apartamento no Brasil. Tinha sua escola, toda uma vida lá. Não podia largar tudo assim, de um dia para o outro, e se mudar para a casa de uma pessoa a quem ele vira pela primeira vez há poucos minutos.

— Eu fico muito agradecido, sra. Zilberman. Mas...

Antônio ainda estava muito confuso. Rachel ficou em silêncio, esperando que ele terminasse a frase.

— Não sei se vou poder ficar aqui. Nós não nos conhecemos. A senhora não sabe quem eu sou e...

— Engana-se. Eu sei muito bem quem você é. Seu pai sempre falou muito de você. Sabia que, quando vinha a Nova York sem sua mãe, ele se hospedava aqui em casa e dormia nesta mesma cama em que você está agora?

Antônio olhou para a cama e apalpou a colcha, como que tentando reconhecer a presença do pai ali.

— Farid e Yaakov eram muito amigos — Rachel disse. — Eles viviam se correspondendo. E sempre trocavam fotos das famílias pelo computador. Temos várias fotografias digitais arquivadas, mandadas por seu pai e nas quais você aparece. Foi graças a elas que te reconheci na rua.

— Você sabe o que aconteceu com meu pai?

Rachel pareceu ter sido pega de surpresa por aquela pergunta.

— Ele esteve aqui há um mês. Ficou aqui em casa. As roupas dele ainda estão penduradas no armário. — Ela fez um gesto para o guarda-roupa na outra extremidade do quarto. — No dia seguinte, saiu para um almoço e não voltou mais.

— Com quem ele foi almoçar?

— Com um homem chamado Norberto Amato.

— Quem era?

— Um investigador particular.

— Será que ele sabe o paradeiro do meu pai?

— Talvez, se ainda estivesse vivo. Norberto não chegou a ir ao almoço. Foi encontrado morto em casa naquela manhã. Assassinado.

Antônio levou as mãos à boca, horrorizado.

— Por quem?

— Não sabemos. Mas é lógico que ele tinha alguma informação que interessava a Farid e a Yaakov. Há um problema grave acontecendo dentro da nossa firma. Norberto Amato tinha sido contratado por seu pai para investigar. Ele parece que descobriu alguma coisa e seu pai veio para cá. Eles combinaram que Yaakov não se envolveria diretamente, porque, pelo que parecia, as pessoas que estavam criando esses problemas na empresa trabalhavam no escritório de Nova York e qualquer movimentação diferente de Yaakov poderia despertar suspeitas.

Antônio sentiu um arrepio.

— Mas se meu pai sumiu e está sem dar notícias há um mês... Isso não é sinal de que ele também foi assassinado?

— Duvido muito que tenha sido. Se Farid tivesse sido assassinado, já saberíamos. O corpo teria sido encontrado, receberíamos alguma notícia. E não soubemos de nada. Farid é muito esperto. Quando veio para Nova York, ele devia saber que mexeria num vespeiro e estava preparado. Para mim, ele sumiu voluntariamente e está escondido em algum lugar para tentar saber o que Norberto Amato tinha descoberto.

O coração de Antônio se encheu de esperanças.

— Eu queria muito acreditar nisso. — Ele sentiu medo. Um enorme medo de se decepcionar novamente. — Mas não quero me iludir. É melhor encarar a realidade logo de uma vez...

— Seu pai vai aparecer, tenho certeza — falou Rachel, com segurança. — Ele só deve estar esperando o momento certo. E é bom que você esteja aqui quando isso acontecer. Pois assim vai ser mais fácil para ele encontrar você.

Antônio achou que seria bom compartilhar aquela esperança. Era, pelo menos, uma perspectiva boa para se viver. Pelo menos por um tempo.

Duas batidas fizeram-se ouvir na porta. Uma voz do outro lado gritou qualquer coisa e Rachel levantou-se tomando a mão de Antônio.

— Você deve estar com fome. Pedi para Edwina servir um lanche para nós. — Rachel ofereceu a mão a ele. — Vamos?

Antônio estava mesmo faminto, apesar da tristeza e da tensão. Rachel levou-o pelo corredor até uma escada larga em espiral, com corrimão de madeira e degraus forrados de tapete cor de vinho. Eles desceram até o andar inferior e seguiram por um segundo corredor, mais largo. Antônio notou que, nas paredes, dois quadros estavam cobertos com lençóis, mas não teve coragem — ou forças — para perguntar a razão.

O corredor conduzia a uma sala ampla, onde havia uma mesa redonda posta com bules, jarras e travessas com pães, bolos, geleias e queijos. A mesa dividia espaço com uma televisão e um sofá em frente a ela, onde um rapaz de cabelos castanhos, da idade de Antônio, estava sentado, assistindo, ao vivo, às notícias sobre os atentados daquela manhã a Nova York e Washington.

— Michael, meu filho — diz Rachel, tocando-lhe um dos ombros. — Quero que conheça o Antônio. Ele vai morar conosco por uns tempos.

O filho de Rachel e Yaakov. Antônio lembrava-se de os pais terem comentado sobre ele algumas vezes.

Michael não se moveu, soltando apenas um grunhido. Rachel deu dois passos adiante e insistiu:

— Michael?

— Quero meu pai de volta — respondeu o garoto. — E não um estranho morando na minha casa.

Antônio notou que o rosto dele estava empapado de lágrimas. Nesse instante, se olharam. Um olhar demorado... Um reconhecendo no outro a mesma dor e a mesma perplexidade. Ainda que nunca tivessem se encontrado antes, viram-se forçadamente unidos pelas circunstâncias. Era como se qualquer resto de inocência sobrevivente da infância, que, talvez, ainda lhes restasse, houvesse sido definitivamente destruído naquele 11 de setembro. Dali para a frente, a vida deles nunca mais seria a mesma.

CAPÍTULO 4

Foi uma noite difícil, de sono tumultuado. Antônio se levantou várias vezes com sede. Por sorte, Rachel havia deixado uma jarra com água e um copo na mesinha de cabeceira. Às cinco da manhã já era dia claro. Antônio abriu a janela. Do lado de fora, o sol brilhava e o ar era fresco e perfumado. A rua, silenciosa e arborizada, estava praticamente deserta, salvo por um ou outro carro estacionado junto às calçadas. Era uma rua sem saída. Olhou para o lado e viu a superfície vasta e reluzente de um rio. A casa dos Zilberman ficava numa das extremidades da ilha de Manhattan.

Uma senhora passeava, na calçada do outro lado, com seu cachorrinho branco. Ela estava tranquila, como se, há menos de vinte e quatro horas, a cidade não tivesse sido vítima do maior ataque terrorista da história – era, pelo menos, o que todas as televisões começavam a afirmar.

Antônio há vinte e quatro horas ainda estava no quarto do hotel com sua mãe, cada qual dormindo numa cama. Ele afastou-se da janela, sentou-se na cama e chorou silenciosamente por longos minutos, ainda desejando que tudo aquilo não passasse de um sonho ruim.

Nunca precisara tanto da presença e do carinho do pai como agora e tinha a esperança de reencontrá-lo. Farid logo apareceria, foi o que Rachel disse. Mas ele não queria esperar. Ainda hoje começaria a investigar, a seguir pistas, viraria aquela cidade de cabeça para baixo, mas não sossegaria enquanto não desse um abraço no pai.

Nova York era muito grande e, se somada às localidades à sua volta, tornava-se imensa. Mas Antônio já tinha uma pista. Um nome. "Norberto Amato". Um brasileiro, na certa. Não era nome de americano. Imaginou que, nos Estados Unidos, era mais fácil localizar um Norberto Amato do que um John Smith, por exemplo. E era possível que Rachel Zilberman tivesse algum endereço ou telefone.

Ele descobriria.

Quando o relógio marcou seis horas, Antônio foi até o banheiro, no corredor, lavou o rosto, penteou o cabelo e saiu do quarto. No corredor, o silêncio era tão pesado que ele controlou até a respiração, com medo que ela pudesse acordar alguém. Ele não se esquecia da sua condição de hóspede e, por mais gentil que a sra. Zilberman estivesse sendo, não conseguia se sentir à vontade. Mais do que isso, sentia-se um intruso.

Ele desceu a escada atapetada. Ao chegar no andar abaixo, percebeu que a escada continuava descendo. Um detalhe que não reparara ontem. Foi até a janela mais próxima, olhou para fora e descobriu, então, que a casa tinha três andares. Era uma mansão, fincada numa área que parecia nobre, numa das mais caras cidades do mundo. Os Zilberman tinham dinheiro.

Antônio caminhou pelo segundo andar até a sala íntima, no final do corredor. A televisão estava desligada e a mesa, vazia. Antônio ligou a TV para saber das últimas notícias dos atentados. Os momentos dos ataques e dos desabamentos das torres eram mostrados na TV em diversos ângulos. Não havia mais notícias de sobreviventes. No fundo, ainda lhe restava um filete de esperança de que a mãe tivesse conseguido escapar. Quando era criança, Antônio, de vez em quando, era atormentado por pesadelos terríveis em que a mãe morria. Ele acordava sempre assustado e corria ao quarto ao lado só para vê-la dormindo tranquila. Não haveria quarto ao lado agora. Antônio sentiu-se uma criança desamparada e começou a chorar baixinho, encolhido num canto, enquanto comentaristas, na televisão, debatiam sobre os atentados com a objetividade de quem fala sobre uma campanha eleitoral. Com certeza, nenhum deles perdeu a mãe no ataque

— Você acorda cedo!

O tom de voz tinha um quê de ironia. Antônio virou-se e viu Michael, de pijamas, em pé em frente à porta.

— Bom-dia — ele disse, tentando ser agradável.

Michael deu de ombros.

— Acha mesmo que vai ser um dia bom?

Antônio enxugou as lágrimas do rosto.

— Não — ele respondeu com sinceridade.

Michael sentou-se ao lado dele. Por trás da sua amargura, havia uma tristeza profunda. Estava sem jeito quando falou:

— Desculpe se eu fui meio grosseiro com você ontem. É que... — A voz de Michael falseou e ele custou a completar a frase, com a voz trêmula: — Você entende, não é?

Antônio não sabia o que responder.

— Você fica muito contrariado de eu estar aqui?

Michael deu um suspiro e resolveu abrir o jogo:

— Sim... Não... Quer dizer: sei lá. Como você se sentiria se um estranho se instalasse da noite para o dia na sua casa lá no Brasil no dia em que seu pai morreu? Estou de luto. Não quero ver ninguém. Quero ficar sozinho. Não é nada pessoal contra você.

Michael precisava descontar toda a dor que sentia pela perda do pai. Alguém tinha de ser culpado por aquilo e o alvo mais à mão era o garoto brasileiro. Ele se sentia péssimo em fazer aquilo. Não foi assim que seus pais o criaram. Mas simplesmente não havia como manter o equilíbrio num momento dramático como aquele.

No fundo, Antônio entendia Michael. No lugar dele, talvez reagisse do mesmo modo, mas isso servia para aumentar o seu desconforto.

— Não quero atrapalhar a sua vida — declarou Antônio. — Foi sua mãe que me trouxe para cá.

— Não está atrapalhando — respondeu Michael, num tom de voz que dizia exatamente o contrário. — Esquece o que eu falei.

Ficaram em silêncio por longos minutos. Antônio revivia na memória as imagens dramáticas dos prédios se desintegrando e sentiu perder as forças.

— Minha mãe morreu ontem naquele atentado. Meu pai sumiu... Não sei o que fazer da minha vida.

— Você está hospedado em algum hotel? — Michael perguntou. — Não precisa pegar nada lá, tipo roupas, malas...?

— Estou no hotel Marriott, ao lado das Torres Gêmeas. Talvez, se eu for lá...

Michael franziu a testa.

— Esse hotel foi destruído ontem. A Torre Sul caiu em cima dele. Vi na televisão.

Por alguma razão, Antônio não se surpreendeu com a notícia. Era como se já esperasse.

— Todo o complexo do World Trade Center foi devastado — acrescentou Michael. — Eram sete prédios. As Torres Gêmeas eram apenas os dois mais altos.

Michael, naquele instante, constatou o óbvio: que a situação de Antônio era ainda pior do que a dele. Perdera o pai, era verdade. Mas estava no conforto de casa, com sua mãe bem viva, além dos parentes e amigos que moravam na cidade e, certamente, lhes ofereceriam apoio. Antônio, além de estar sozinho em outro país, havia perdido a mãe e não sabia o paradeiro do pai. Sem contar que ele assistira à tragédia ao vivo, enquanto Michael estava na escola quando tudo aconteceu.

— Sua mãe diz que meu pai está vivo — Antônio comentou. — Seria tão bom se ele aparecesse...

O rosto de Michael se iluminou.

— Você tem ideia de onde ele possa estar?

— Não. Mas tenho uma pista. O nome de um homem com quem ele iria almoçar aqui em Nova York um mês atrás.

Michael se pôs de pé e ficou andando pensativo pela sala, com a mão no queixo.

— Você vai precisar sair por aí. Fazer perguntas... — Ele parou de repente e encarou Antônio. — Você sabe se virar em Nova York? Conhece a cidade?

Antônio meneou a cabeça negativamente.

— É a primeira vez que eu venho. Não conheço nada.

— Bom, mas eu conheço. — Michael abriu um sorrisão de vitória. — E muito bem. Vou te ajudar a encontrar seu pai. Podemos começar agora mesmo.

Tudo para eu sumir daqui bem depressa?, perguntou-se Antônio, intimidado com a súbita animação de Michael. Mas isso era o que menos importava. Ele precisava localizar o pai e topou na hora.

Os dois trocaram um aperto de mão.

— Fechado! — disse Antônio.

CAPÍTULO 5

Antônio contou a Michael sobre o homem com quem Farid pretendia se encontrar no dia em que desaparecera. Norberto Amato.

— Foi sua mãe que me falou dele — comentou Antônio.

— O nome parece brasileiro — Michael especulou.

Segundo Rachel, Norberto era um investigador particular que Farid contratara para descobrir um problema sério dentro da firma. Ele foi encontrado morto na manhã do almoço.

— Parece que foi assassinado.

— Ele deve ter descoberto o que seu pai queria... E alguém apagou o cara antes que abrisse o bico.

Antônio concordou.

— Acho que a gente pode começar a nossa busca por esse Norberto.

— Mas você acabou de dizer que ele está morto...

— É, mas ele não devia trabalhar sozinho. Talvez tivesse um assistente ou uma secretária. Alguém deve saber de alguma coisa.

Michael soltou o ar dos pulmões, contrariado.

— O difícil vai ser encontrar o cara. Ainda mais hoje. A cidade deve estar um pandemônio depois do que aconteceu ontem.

— Será que sua mãe tem o endereço dele?

— Melhor nem perguntar a ela. É capaz de nos trancar em casa, apavorada, com medo que o assassino do Norberto descubra que estamos investigando. Vamos procurar no catálogo telefônico.

Antônio seguiu Michael até uma sala ao lado, onde havia uma poltrona *bergère* de couro ao lado de uma mesa de madeira com um antigo aparelho telefônico de disco em cima. A mesinha parecia ter sido confeccionada exatamente para abrigar um telefone, já que, na prateleira que ficava embaixo, havia uma pilha de catálogos da cidade de Nova York.

Michael pegou o que estava no topo e folheou até localizar um "Amato, Norberto", domiciliado na Rua Hoffman, no bairro do Bronx.

Os dois trocaram um olhar de suspense.

— Será esse? — Antônio perguntou.

Michael contraiu os lábios em sinal de dúvida.

— Não custa tentar.

Ele, então, teve uma ideia.

— Mamãe ainda está dormindo. Acho que podemos dar uma olhada nas coisas do papai. O nome desse Norberto deve estar anotado lá.

Saíram da sala, levando o catálogo. No corredor, Antônio reparou, novamente, nos quadros cobertos por lençóis que vira ontem.

— São espelhos — Michael disse, de repente, como se tivesse lido os pensamentos de Antônio.

Pararam de andar. Antônio olhou interrogativamente para ele.

Michael apontou para os dois lençóis que pendiam de estruturas retangulares na parede.

— É um costume judaico cobrir os espelhos durante a Shiva.

— Shiva?

— Shiva é o nome que se dá à primeira semana de luto dos judeus. O Judaísmo proíbe rezar diante de espelhos e na Shiva todos os dias são realizados serviços religiosos na casa da família do morto. Dizem também que o espelho é uma peça que tem a ver com a vaidade e que isso contraria o espírito do luto. Por isso eles são cobertos.

— Vocês vão realizar serviços religiosos aqui todos os dias?

— Todos os dias, acho que não — Michael falou sem muita convicção. — Minha mãe deve ter coberto os espelhos porque muita gente vai vir aqui dar os pêsames esses dias e ela acha apropriado que elas vejam que a família está cumprindo a tradição.

Eles entraram no primeiro cômodo do corredor, onde havia um escritório. Estantes escuras de madeira forradas de livros cobriam as paredes em torno de uma escrivaninha antiga. O gabinete residencial de Yaakov Zilberman.

Michael sentou-se sem cerimônia na cadeira que fora do pai e puxou uma das gavetas, retirando uma pequena agenda de papel. Michael abriu-a sobre a escrivaninha e encontrou logo o nome "Norberto Amato" na letra "A". O número do telefone anotado ali batia com o do catálogo.

— É ele mesmo — disse Michael, com um olhar vitorioso. — Acho que podemos ir atrás dele.

— Não é melhor a gente ligar antes? Para saber se tem gente lá?

— Não. Se formos ligar, quem estiver lá poderá não querer nos receber. Temos mais chances de descobrir alguma coisa fazendo uma surpresa.

— Pode ser perigoso. — Antônio fez uma pausa. — Se bem que...

Ele baixou os olhos, a voz fraquejando de repente:

— Se bem que qualquer perigo parece pequeno depois de tudo que aconteceu ontem.

Michael concordou silenciosamente. Eles tinham aquela tristeza em comum. E não foram capazes de perceber que, em menos de meia hora de conversa, já não se estranhavam tanto.

A busca por Farid Wassouf, no fim das contas, serviria também para mantê-los ocupados e impedi-los de chorar a tragédia daquele 11 de setembro todo o tempo. Era um bem que o pai de Antônio, indiretamente, parecia estar proporcionando aos dois garotos.

CAPÍTULO 6

Os Zilberman moravam numa *townhouse*, situada quase no final da Praça Sutton, uma rua calma que ia ter na margem do East River, na extremidade leste da ilha de Manhattan. Não fosse por um ou outro arranha-céu que se avistava a certa distância, a impressão era a de se estar não em Nova York, mas num sossegado vilarejo do interior.

Antônio e Michael despediram-se de Rachel Zilberman, anunciando que iriam apenas dar uma volta pela vizinhança. As aulas tinham sido suspensas em Nova York por causa dos atentados e Michael teria o dia livre. Rachel ficou satisfeita, esperançosa de que o filho, sempre tão arredio e mal-humorado, houvesse aceitado a presença de Antônio e, mais do que isso, os dois tivessem iniciado uma amizade.

Antônio vestia a roupa do dia anterior, que Rachel lavara e passara. Os dois foram caminhando em silêncio pela Rua 58. Michael tinha recebido sua mesada dois dias antes e resolvera levá-la toda no bolso para o caso de precisarem. O pai havia lhe ensinado a ser precavido e vivia dizendo: "melhor errar para mais do que para menos".

De vez em quando, Michael fazia algum comentário sobre o percurso que estavam fazendo ou lembrava algo do pai e Antônio emitia algum grunhido de concordância, como se estivesse prestando atenção.

Sua cabeça, no entanto, estava longe. No Brasil. Imaginou-se no apartamento em que morava, uma cobertura no vigésimo andar de um edifício da Alameda Lorena, em São Paulo, sendo sacudido pela mãe na cama, resistindo a acordar para ir para a escola. Ele sempre relutava, pedindo para ficar na cama mais cinco minutinhos, depois mais cinco e mais cinco... Era uma situação sempre chata. Tanto para ele quanto para a mãe e talvez o único momento do dia em que discutiam de verdade.

Agora, no entanto, sentiu saudades. E o coração apertou ao se lembrar mais uma vez que não veria sua mãe nunca mais.

Michael estava abatido. Sua tristeza era ostensiva. Antônio, embora contrariado com a forma como ele o recebera, resolveu não levar sua agressividade muito em consideração. Uma parte dela devia ser creditada ao que acontecera ontem. Os dois, afinal, estavam sofrendo da mesma maneira.

— Será que é uma boa ideia deixar sua mãe sozinha? — Antônio perguntou de repente.

Por coincidência, Michael havia acabado de pensar justamente nisso.

— Não, mas a gente não deve demorar muito. E ela vai receber visitas o dia todo. Edwina prometeu chegar antes das dez.

— Quanto tempo daqui até o Bronx?

— De metrô, mais ou menos meia hora.

Michael temia que o metrô não estivesse funcionando naquela quarta-feira. Havia pouco movimento nas ruas se comparado aos dias normais de expediente. A quantidade de policiais era ostensiva, assim como a de veículos e soldados do exército.

Andaram, ao todo, três compridos quarteirões pela Rua 58. Na parte próxima ao rio e à Praça Sutton, era uma rua arborizada, agradável, bem residencial, mas ela ia se transformando e tornando-se mais movimentada à medida que se aproximava do miolo da ilha. Uma ou outra esquina ou fachada de loja fazia Antônio se lembrar de São Paulo.

Na altura da Terceira Avenida dobraram à direita e, em seguida, à esquerda na Rua 59 onde, na esquina com a Avenida Lexington, havia uma estação de metrô. Estavam, agora, no coração de Manhattan; daquela Manhattan que aparece nos filmes, a Manhattan dos arranha-céus de dezenas de andares, das vitrines enormes e coloridas de grifes e magazines elegantes, do vaivém frenético de automóveis e gente de várias procedências, raças e culturas.

Só que, naquela manhã, a cidade parecia mais vazia e triste do que o habitual. Não havia quase nenhum trânsito, a ponto de pessoas caminharem pelo meio das ruas. Ouviam-se conversas em vários idiomas, mas algo era comum em todas elas: tensão, medo, revolta e perplexidade, estampados nos rostos, nas vozes agitadas e no caminhar pesado. Algumas pessoas choravam e muitas carregavam sacolas entupidas de compras de supermercado, provavelmente para ter comida estocada em casa, no caso de a cidade entrar em colapso e os moradores serem proibidos de sair à rua.

O metrô, felizmente, estava funcionando. Pelo menos, naquela parte da cidade e na direção do Bronx, que ficava ao norte da ilha. Caso tivessem que rumar para o sul, onde ocorreram os atentados, talvez a situação fosse oposta. Michael comprou os bilhetes numa máquina e eles desceram para a plataforma.

— Melhor você tomar cuidado... — ele avisou, astuciosamente.

Antônio levou uns cinco segundos para registrar o comentário.

— Com o quê?

— O atentado de ontem parece que foi coisa dos árabes e você é árabe. O povo deve estar assustado, com medo de um novo ataque. Podem achar que você é um dos terroristas.

Comentava-se que os atentados haviam sido executados pelo terrorista mais procurado do mundo, o saudita Osama Bin Laden, líder do grupo Al-Qaeda.

Antônio deu de ombros.

— Eu? Só porque minha família é da Síria?

— Não. Porque você tem cara de árabe.

O metrô apareceu e foi freando devagar, os vagões passando na frente deles.

— E como é que é cara de árabe?

Michael se atrapalhou na resposta.

— Sei lá... Cabelo preto, narigão...

— Veja só quem fala... Você também tem um narigão.

A porta se abriu e o dois entraram. Todos os bancos estavam ocupados e eles tiveram de ficar em pé.

— Esquece o que eu falei, OK? — disse Michael, sinceramente arrependido, enquanto o metrô começava a andar. — Foi besteira minha.

Foi mesmo, pensou Antônio, que comentou, irônico:

— Tudo bem. Se a polícia vier atrás de mim, digo que você foi meu cúmplice.

Michael não entendeu se aquilo era uma piada, mas sorriu assim mesmo.

Ficaram num silêncio meio constrangido durante quase toda a viagem. Antônio aproveitou para olhar disfarçadamente para as pessoas que se amontoavam no vagão: uma diversidade impressionante de tons de pele, idiomas, vestimentas... Nova York era mesmo um caldeirão étnico e cultural, como se ouvia falar no Brasil. A cidade ideal para uma pessoa, seja de que país for, viver anonimamente, misturada à população. Em Nova York o forasteiro rapidamente se transformava num nativo. E ninguém reparava.

A viagem durou meia hora. Aquela linha do metrô era subterrânea durante a maior parte do trajeto, mas num dado momento, próximo a um grande estádio, ela se tornava de superfície. A paisagem havia mudado sensivelmente. Aquela era uma outra Nova York, mais árida e menos glamourosa. Estavam no Bronx.

Umas sete ou oito estações adiante, Michael fez um sinal com a cabeça, indicando que eles haviam chegado ao destino. A porta da composição se abriu e os dois saltaram. Na estação havia várias placas onde se lia: "Fordham Road" – Estrada Fordham. Antônio e Michael desceram até um cruzamento movimentado, de calçadas encardidas e apinhadas de gente e camelôs. Michael abordou o primeiro passante que encontrou, um senhor negro, de cabelos brancos e fofos, e perguntou:

— Para que lado fica a Rua Hoffman?

O homem foi surpreendentemente gentil para um nova-iorquino, povo com reputação de seco e rude. Ele fez um gesto no sentido de uma das avenidas do cruzamento.

— Fica a umas quinze quadras seguindo direto por essa avenida. Se quiserem ir a pé, é uma caminhada boa. Mas vocês podem tomar um ônibus ali. — Ele indicou um ponto situado logo adiante e coçou o queixo, meditativo. — Peguem o Bx12. Ele deixará vocês na esquina da Fordham com a Hoffman.

Os dois agradeceram ao homem e se encaminharam até o ponto. O ônibus demorou cinco minutos para aparecer. Eles entraram, pagaram ao motorista e Michael certificou-se do trajeto com ele. O motorista disse que avisaria quando chegassem à Rua Hoffman. Os dois, então, se sentaram no final do veículo, próximo à saída.

O ônibus foi seguindo devagar pela Estrada Fordham, parando com frequência, ora nos semáforos vermelhos, ora nos pontos. Pela janela, Antônio contemplou a avenida comprida, em mão dupla, quase sem árvores, margeada por prédios baixos que abrigavam lojas populares de letreiros espalhafatosos. Uma típica via suburbana. Subitamente teve medo do que iriam encontrar.

Alguns minutos mais tarde, o motorista gritou lá da frente.

— Rua Hoffman!

O ônibus encostou no meio-fio e Antônio e Michael saíram. A Hoffman era uma rua transversal, mais estreita e tranquila do que a Estrada Fordham. Michael puxou do bolso a anotação que fizera do endereço de Norberto Amato, conferiu o número e comparou com a numeração da rua.

— É por aqui.

Eles dobraram à esquerda e foram caminhando pela rua. O sol ficara mais firme na cidade desde que eles deixaram Manhattan e agora fazia calor. Localizaram o prédio de Norberto no terceiro quarteirão. Era uma construção austera e decadente de pouco mais de cinco andares. Ficava numa esquina e não parecia muito hospitaleira.

— O que acha? — perguntou Michael, pela primeira vez parecendo hesitante. — Entramos?

Antônio também tinha vontade de sair correndo dali, mas não podia desistir agora.

— Podem matar a gente — Michael acrescentou. — Olha a pinta do prédio...

Antônio sentiu um frio no estômago.

— A gente devia ter pensado nisso antes.

— Esse prédio deve estar cheio de bandidos...

Antônio torceu os lábios, contrariado.

— Já viemos até aqui. Temos que ir até o fim.

Eles perceberam uma oportunidade de entrar no prédio quando uma mulher, que devia ser uma moradora, dobrou a esquina, carregando três sacolas de supermercado e se dirigiu diretamente à portaria, levando um molho de chaves na mão.

Procurando não andar muito depressa para não atrair a atenção da mulher nem muito devagar para não ficarem para trás, eles se encaminharam para a entrada e chegaram no momento em que a mulher inseria chave na fechadura. Num inusitado gesto de cavalheirismo, Michael ainda abriu a porta gentilmente para a mulher passar.

Ela olhou espantada para ele, medindo-o dos sapatos ao cabelo. Talvez tenha tentado reconhecê-lo como um vizinho ou, simplesmente, tenha se espantado com a gentileza. A impressão era de que naquelas redondezas, gestos assim eram raros. Por fim, agradeceu e entrou.

Michael e Antônio foram atrás.

A portaria do prédio era não mais do que um recinto comprido, sem mobília, iluminado por lâmpadas fluorescentes, uma das quais com a luz trêmula, ameaçando apagar a qualquer momento. Não parecia ter elevador, impressão confirmada quando viram a mulher subir direto por uma escada. Michael esperou o som dos passos dela diminuir para puxar novamente o papel do bolso e confirmar para que andar teriam de ir:

— Apartamento 13.

Antônio ficou confuso:

— Que andar deve ser?

— Só subindo as escadas para ver.

Antônio não estava gostando muito da ideia de encarar aquela escada. Pressentindo que talvez não fossem recebidos com muita hospitalidade, ele conferiu a porta da entrada, para saber se ela abria por dentro. Girou a maçaneta e constatou que sim. Poderiam fugir, se fosse o caso.

Antônio juntou-se novamente a Michael, que continuava plantado diante da escada.

— Podemos ir.

Antônio apontou para os degraus, mas também não fez menção de se mexer.

— OK — Michael respondeu, gesticulando para a frente, mas também sem se mover.

— Então, vamos.

— Você, primeiro.

Antônio não estava nem um pouco a fim de ir na frente. Se disparassem um tiro, ele seria o alvo mais fácil.

— Não — ele retrucou. — Primeiro, você.

— Não, você. Faço questão.

— Eu é que faço questão. Posso ir atrás numa boa.

— Se você não for, vamos ficar o dia inteiro plantados aqui. Seu pai pode estar lá em cima. Quanto antes você chegar...

Antônio bufou. Aquele argumento era invencível. Viu que não teria saída.

— Qual o número do apartamento mesmo?

— Treze!

Ele murmurou um "seja o que Deus quiser" e começou a subir as escadas. Michael foi atrás, quase colado a ele. Na certa, pensou a mesma coisa com relação ao tiro.

Chegaram ao primeiro andar, onde havia um corredor em "L", do qual se abriam seis apartamentos, ao todo, começando pelo "1". Ninguém à vista.

— Pela numeração, o "13" deve ficar no terceiro andar — deduziu Antônio.

Michael concordou com a cabeça. Eles subiram ao segundo andar e permaneceram nele só o tempo necessário de confirmar que ali ficavam os apartamentos do "6" ao "12".

Mais uma vez, não havia vivalma por perto. O silêncio era absoluto.

Ao voltarem à escada, Antônio colocou-se atrás de Michael e disse:

— Sua vez.

Michael olhou para ele, indignado.

— Minha vez de quê?

— De ir na frente.

— Mas a gente combinou...

— Já sei o número do apartamento. Não dependo mais desse seu papelzinho para encontrá-lo. — Antônio apontou para a escada. — Subi dois lances na frente, o que custa você subir um?

Assim como Antônio lá embaixo, Michael percebeu que seria inútil argumentar. Além disso, ficar parado naquele corredor discutindo não parecia uma ideia muito inteligente.

Eles subiram, Michael na frente, agora. A tensão fazia os corações dos dois pularem desgovernados, à medida que galgavam os degraus e viam o terceiro andar se materializar na frente deles.

— Em que andar será que a mulher que estava na portaria mora? — Michael perguntou, tentando descontrair.

— Aqui mesmo!

A voz partira de trás. A mulher estava parada ao lado da escada, com uma pistola apontada para eles. O rosto crispado e os olhos gelados, levemente apertados, indicavam que o objetivo dela não era o de convidá-los para um café com biscoitos.

Antônio olhou por trás dela e viu uma porta aberta: apartamento 13.

— Parece que chegamos! — anunciou ele, antes de levantar os braços.

CAPÍTULO 7

Bob Martinez terminou de rezar, levantou-se e foi caminhando devagar pela imensa nave em estilo gótico da catedral católica de Saint Patrick, em Manhattan. Todas as manhãs ia a alguma igreja rezar ou assistir à missa. Faltavam dez minutos para as nove, quando ele saiu para o dia claro de uma Quinta Avenida semideserta.

Naquela quarta-feira, cerca de vinte e quatro horas depois do início dos ataques, o clima em Nova York era de tensão e alerta. Havia soldados armados por toda parte. Falava-se que um novo atentado poderia acontecer a qualquer momento. De vez em quando um carro de bombeiros passava desesperado pelas ruas, atendendo a algum chamado. A igreja era um bom lugar para recobrar a calma e pensar no que fazer.

Edwina Whitaker, sua mulher, o esperava do outro lado da rua, no lugar em que haviam combinado: em frente à estátua de Atlas na entrada do Rockfeller Center. Ela havia telefonado para o celular de Bob quando ele estava entrando na igreja. Bob pediu a ela que o esperasse terminar de rezar e marcaram, então, o encontro ali em frente.

Ele caminhou até o semáforo na esquina com a Rua 50 e atravessou a avenida, indo ao encontro da mulher.

Robert Martinez, ou simplesmente Bob, era filho de mexicanos. Tinha olhos e cabelos pretos e uma barba cerrada que recobria a pele clara do seu rosto com uma sombra azulada. Edwina, por sua vez, era louríssima. Os dois tinham a mesma idade — 45 anos — e formavam um casal elegante e interessante.

Edwina estava de óculos de sol, de lentes impenetráveis, e mantinha os braços cruzados. Continuou assim quando Bob se aproximou.

— Bom-dia, querida — ele disse.

— Já demos bom-dia hoje cedo, quando saímos de casa.

Bob estudou o rosto contrariado de Edwina.

— Que cara é essa?

— É a única que eu tenho.

— Tudo bem. Vou mudar a pergunta: por que está tão séria?

— Queria o quê? Que eu estivesse morrendo de rir? Sofremos ontem um atentado terrorista. Nosso escritório foi destruído. A cidade está um caos. Milhares de pessoas morreram.

— Não se preocupe tanto com a empresa. Vamos reconstruí-la. Só o escritório daqui de Nova York se perdeu. Temos cópias de todos os documentos guardadas no escritório de São Paulo e a maioria está digitalizada. Ainda hoje, se der, vou consultar alguma imobiliária para tentar conseguir um novo lugar para nos instalarmos. Por que me telefonou?

O rosto sério de Edwina se abriu numa expressão mais amistosa.

— Rachel ligou logo depois que você saiu. Ela disse que tem um assunto importante para conversar conosco. Pediu para você vir comigo.

— Na casa dela?

— Sim. Parece que Michael levou o menino brasileiro, filho de Farid, para dar uma volta. Estaremos sozinhos.

— Diga a ela que vou mais tarde. Por volta do meio-dia ou um pouco depois. Tenho umas coisas para resolver esta manhã.

— Hoje? Com a cidade caótica do jeito que está, com a polícia para todo lado por causa dos ataques de ontem? — ela perguntou, cética. — Você acredita mesmo que conseguirá resolver algum assunto, qualquer que seja, num dia como hoje? Ainda mais com a empresa destruída?

63

— Foi só a sede, querida. Já disse. — Bob deu um beijo na testa da mulher. — Não se preocupe. Sei o que estou fazendo, OK?

O rosto de Edwina ficou sério novamente. Com a expressão mais plácida do mundo, Bob puxou um vidrinho do bolso do paletó. Molhou um dedo no líquido que havia dentro dele e levou-o à testa da esposa, traçando o sinal da cruz, enquanto murmurava algo que parecia ser uma oração breve.

— Água benta. Acabei de pegar na igreja. Quero benzê-la antes que saia por essa cidade tomada pelo cheiro de morte e de desgraça. Você precisa de salvação para a sua alma, querida.

Edwina quase achou graça:

— Às vezes penso que casei com um padre...

Despediram-se. Bob tomou um táxi e desceu a Quinta Avenida, enquanto Edwina afastava-se a pé para o outro lado, em direção à *townhouse* dos Zilberman.

Nem um nem outro notou o homem oculto no interior da catedral do outro lado da avenida que os observava atentamente. Um homem de barba negra e óculos escuros, que acariciava um crucifixo de prata preso a um cordão. Ele viu quando Bob deslizou o dedo pela testa de Edwina, dando-lhe uma bênção.

"Uma bênção...?", pensou Barba Negra, apertando o crucifixo. Seus olhos estavam cheios d'água, ele chorava com fúria. "Você está muito enganado se pensa que vão escapar de mim, Bob. Vou fazer você pagar muito caro por tudo, seu crápula maldito!"

CAPÍTULO 8

A mulher fez Antônio e Michael entrarem no apartamento e fechou a porta atrás deles. Ela permanecia com a pistola apontada, obrigando-os a manter as mãos na cabeça.

— Então vocês estavam procurando o apartamento 13? — ela perguntou, com raiva na voz. — Pois, encontraram. Estão satisfeitos?

Nem Antônio nem Michael tiveram coragem para responder. Eles evitavam encarar a mulher, mantendo os olhos fixos nas sacolas de supermercado que ela trouxera da rua, onde se lia em letras vermelhas: "Allerton's Place". Um aroma gostoso de pão fresco impregnava o ambiente e parecia vir de uma delas.

— Por que estão na rua? Não veem TV, não ouvem rádio...? Estão dizendo que a cidade pode ser alvo de outro ataque terrorista a qualquer momento. Vocês deveriam estar em casa. Escondidos e bem quietos...

Os dois continuavam mudos.

— Por que vieram até aqui? Quem são vocês?

Antônio não entendia por que a mulher estava tão revoltada, a ponto de ameaçá-los com uma arma, mas pressentiu que aquilo poderia ter a ver com o sumiço de seu pai. E se eles fossem os próximos?

— Nós não fizemos nada de mais. A senhora deve estar nos confundindo com outras pessoas.

— Vocês estavam procurando o apartamento 13. Eu ouvi.

— É verdade — responde Antônio.

— Por que vocês queriam encontrar o apartamento 13? Quem mandou vocês?

— Ninguém — Michael apressou-se em responder.

A mulher mirou-os demoradamente, avaliando-os compenetrada.

— Mentira...! — rosnou ela.

Antônio e Michael se entreolharam atônitos. Não estavam entendendo o rumo que a conversa — ou seria interrogatório? — estava tomando.

A mulher encostou o cano da pistola no joelho de Michael e falou, num tom de voz mais baixo e, por isso mesmo, mais assustador:

— Esta arma está carregada. Eu acho melhor vocês não tentarem me enrolar e falarem a verdade, senão eu atiro. Não estou brincando.

Michael começou a suar frio de medo. Seu rosto estava encharcado, como se ele tivesse acabado de sair de uma sauna.

— Estamos procurando uma pessoa — ele respondeu.

— Quem?

— Norberto Amato — completou Antônio.

Os olhos da mulher brilharam de espanto.

— O que querem com ele?

— Sabemos que ele está morto — disse Antônio. — Viemos porque precisamos da pista de um homem com quem ele ia se encontrar no dia em que foi assassinado.

— Que homem?

— Farid Wassouf. — Antônio engoliu em seco e resolveu abrir todo o jogo de uma vez. — Ele é meu pai.

Houve um momento de silêncio. A mulher parecia congelada ante a revelação de Antônio. Ela afastou a pistola do joelho de Michael.

— Não sei nada sobre o seu pai. Sinto muito.

Antônio e Michael trocaram um olhar desconfiado. A voz da mulher vacilara ao dizer aquilo. Parecia que estava mentindo.

Ela gesticulou para que eles se sentassem num sofá de dois lugares encostado numa das paredes. Só então, um pouco mais relaxados, eles avaliaram a sala. Havia poucos móveis — o sofá era o maior deles —, duas caixas com porcelanas e copos, além de uma estante e uma cama desmontadas. Parecia que a mulher estava de mudança — de lá ou para lá.

— Por que estão procurando por Farid? — ela perguntou, dirigindo-se a Antônio.

Antônio engoliu sem eco.

— Porque ele desapareceu há um mês. Minha mãe... — a voz dele fraquejou — minha mãe morreu ontem no atentado ao World Trade Center.

— E vocês acharam que, com Norberto morto, poderiam encontrar pistas dele aqui? — ela deduziu e os dois assentiram.

— Descobrimos esse endereço na agenda do meu pai, Yaakov Zilberman. Ele também morreu ontem no World Trade Center.

— Nossos pais eram sócios de uma firma — disse Antônio.

— Parece que Norberto descobriu alguma coisa errada lá dentro e ia contar tudo ao Farid no dia em que foi morto — informou Michael.

— No mesmo dia em que meu pai sumiu — completou Antônio.

— Eu conheço toda a história. Não precisam me contar.

A mulher estava absolutamente perplexa. Era como se ela soubesse muito bem o que estava acontecendo e de quem eles falavam. Mais do que perplexa, sua expressão era assustada, apavorada... Ela estava com medo.

— Vocês não deviam se meter nisso.

— Eu preciso encontrar meu pai... — Antônio declarou.

— Mas não da maneira como estão fazendo. É muito arriscado.

A esta altura, a mulher já tinha posto a pistola sobre um aparador ao lado do sofá, onde Antônio e Michael estavam.

— Como é que você pode saber que é arriscado? — Michael perguntou, percebendo que ela sabia mais.

A mulher não se intimidou.

— Quanto menos vocês souberem, melhor. Já disse: fiquem fora disso.

— Você tem ideia de onde está meu pai? — Antônio perguntou.

A mulher soltou o ar dos pulmões.

— Não.

— Mas sabe quem ele é?

Ela entregou os pontos e parou de mentir.

— Sim, eu sei.

— Por que ele sumiu?

— Norberto foi morto na manhã em que se reuniria com Farid. Acho que isso é motivo suficiente.

— Norberto era investigador particular, não era? — perguntou Michael.

A mulher fez que sim com a cabeça.

— Era brasileiro?

— Não. Italiano. Não sei se vocês sabem, mas esta região é conhecida como "*Little Italy* do Bronx". Os pais de Norberto se instalaram aqui quando emigraram da Itália.

— Você é o que dele?

— Prima. Eu o ajudava, de vez em quando, no trabalho. Sempre em funções burocráticas, como fazer algumas pesquisas, organizar certos arquivos... Norberto não tinha bens e este apartamento era alugado. Eu o estou esvaziando para entregá-lo ao proprietário. — Ela apontou para as caixas e demais embrulhos. — Daí essa bagunça que vocês estão vendo e por isso estou aqui. Preciso desocupá-lo até domingo, quando vence o contrato de aluguel.

— Você sabe quem pode ter matado Norberto Amato? — Michael perguntou — O que ele descobriu de tão grave que acabou assassinado?

A mulher prendeu a respiração. Parecia relutante em falar.

— Vocês aceitam beber alguma coisa? Tenho café, suco...

Era uma tática para ganhar tempo e formular uma resposta calculada, os dois sacaram logo.

Aceitaram suco. Ela levantou-se e levou as sacolas da Allerton's Place para a cozinha, voltando com três copos de suco de maçã e biscoitos. Antônio percebeu que se enganara no começo, quando pensou que a expressão furiosa dela não era a de alguém que iria convidá-los para tomar um café com biscoitos.

Depois de se sentar na poltrona, em frente a eles, a mulher desabafou:

— O que eu vou dizer aqui não pode ser repetido por aí. Vocês entendem?

Os dois aquiesceram com a cabeça enquanto bebiam o suco.

— Há muitos interesses envolvidos — ela prosseguiu. — E muito, mas muito dinheiro sujo. Eles não vão pensar duas vezes em silenciar dois garotos intrometidos, se disso depender a sobrevivência do negócio.

— Que negócio?

— Desculpe, mas não posso falar. Para a segurança de vocês. Tudo o que sei é que ele descobriu algo muito grave dentro da Wazimed e pretendia revelar tudo a Farid no dia que o mataram.

— Algo muito grave? — Michael perguntou.

— Sim. E tem a ver com um homem conhecido como o "Bispo".

CAPÍTULO 9

O Bispo...

Aquele nome ecoou na cabeça de Antônio e Michael como se pertencesse a alguma entidade sobrenatural, invisível, implacável...

— Quem é ele?

— O Bispo? Não faço ideia. Mas, pelo pouco que Norberto me disse, é alguém muito, mas muito poderoso. E que estava criando problemas para Farid e Yaakov. Eles decidiram investigar e contrataram Norberto. Foi Farid quem ficou encarregado de acompanhar a investigação. Talvez porque tivesse a ver com o escritório da firma no Brasil. Não conheço os detalhes, me perdoem. Norberto me mantinha o mais longe possível desses assuntos pela mesma razão que eu estou pedindo para vocês também ficarem longe.

— A senhora não o denunciou à polícia?

— Para quê? Para me expor? Quando soube que Norberto tinha sido morto, só pensei em sumir. Tudo o que eu menos queria era que o Bispo soubesse da minha existência.

— A polícia chegou a procurá-la?

— Não. Norberto era um detetive experiente, conhecia todas as manhas do ofício. Ele era craque em proteger a identidade dos que o ajudavam.

— Ele nunca comentou, nem por alto, o que fazia o Bispo? — indagou Antônio.

A mulher crispou-se, revoltada:

— Vocês não entenderam ainda: eu não vou contar nada, pois isso seria o equivalente a assinar a sentença de morte de vocês dois. O Bispo é um bandido perigoso. Vocês precisam parar essa investigação imediatamente!

Antônio e Michael olharam para ela, desconfiados. Será que ela estava mesmo preocupada com eles ou queria, simplesmente, afastá-los do caminho para que não descobrissem nada?

Michael preferiu ignorá-la e dirigiu-se à mulher:

— Deve haver, nas coisas de Norberto, alguma pasta com anotações sobre o Bispo. Se você nos deixasse dar uma olhada rápida...

— Se ele deixou, faço questão de não descobrir onde está. — Ela nem deixou Michael completar a frase. — Não quero me envolver nisso. Norberto pagou com a vida. Não pretendo ser a próxima.

Antônio tomou um último gole de suco. Ele estava angustiado. A resposta para o paradeiro do seu pai podia ser aquela mulher, mas ela se recusava a colaborar. Parecia amedrontada demais para isso.

— Essa pasta pode ter alguma pista de onde está meu pai. Preciso encontrá-la. Você não encontrou nada aqui quando fez essa arrumação? — Ele apontou para as caixas com porcelanas ao lado do aparador.

A mulher bufou, impaciente.

— Vou responder à sua pergunta com outra pergunta, rapazinho: você acha que um investigador experiente como Norberto Amato iria guardar seus arquivos dentro de casa? Ao alcance de qualquer bandido?

— Então, onde ele guardou?

— Já disse que não quero saber! — berrou ela, perdendo de vez o controle. Antônio e Michael chegaram a pensar que ela apanharia a pistola novamente. — Aliás, acho que vocês já ficaram tempo demais aqui. — Ela levantou-se. — Preciso continuar a arrumação.

Como nenhum dos dois se mexesse, ela arrematou:

— Podem ir agora.

Antônio e Michael olharam uma última vez para as caixas. Estavam abertas e pareciam guardar mesmo só pratos, xícaras, copos e talheres.

O principal da mudança já devia ter saído dali. Talvez antes mesmo da morte de Norberto.

Aquela mulher sabia mais do que estava dizendo. Eles precisavam descobrir os arquivos de Norberto Amato.

Nem Antônio nem Michael tinham ideia do que fazer.

A mulher abriu a porta e, antes que eles saíssem, fez uma última advertência.

— Lembrem-se do que eu disse: não se envolvam nessa história. Se chegar ao conhecimento do Bispo que vocês estão fuçando os negócios dele, nem quero imaginar o que poderá acontecer. Fiquem fora disso. Voltem para casa e joguem uma partida de videogame.

Nenhum dos dois dissera coisa alguma. Estavam sendo enxotados. Assim que pisaram o corredor, a porta se fechou nas costas deles, com brusquidão. Viram o "13" do apartamento bem nítido acima do olho mágico.

Mas somente quando já se encontravam fora do prédio, eles se deram conta de que tinham se esquecido de um detalhe básico: não sabiam como a mulher se chamava. Não tinham perguntado e ela, tampouco, lhes dissera.

Antônio, mais do que nunca, queria levar aquela investigação adiante. Ele estava certo de que encontraria pistas do paradeiro de seu pai nos arquivos de Norberto. E, se os arquivos não estavam mesmo no apartamento dele, só poderiam estar com a mulher, junto com o resto da mudança.

Mas como descobririam onde ela morava, se nem ao menos sabiam seu nome?

Não iriam subir ao apartamento novamente só para perguntar. Mesmo que conseguissem entrar no prédio, a mulher os receberia desconfiada e não falaria nada.

Ficar de tocaia para segui-la também não parecia uma boa ideia, já que, além de tudo, eles nem tinham certeza se ela iria para casa naquele dia. Talvez decidisse pernoitar no apartamento para continuar a arrumação no dia seguinte. As sacolas de supermercado cheias eram um sinal disso.

Foi então que Antônio descobriu o que deveriam fazer.

CAPÍTULO 10

— Explique — Michael pediu, assim que eles se afastaram do prédio.

Antônio não sabia por onde começar.

— É o seguinte: todo o arquivo de Norberto Amato deve estar com essa mulher. Com quem mais estaria? Só precisamos descobrir onde ela mora.

— Mas não sabemos nem o nome da mulher... Como vamos encontrar a casa dela?

— Aí é que entra o plano. Allerton's Place.

Michael arregalou os olhos. Por um segundo achou que seu parceiro de investigação ficara doido.

— O quê?

— Allerton's Place. Esse nome estava gravado nas sacolas com comida que a mulher tinha acabado de trazer para o apartamento. Deve ser o nome de algum mercado das redondezas. A gente precisa descobrir onde fica, ir até lá e perguntar sobre ela.

Michael reagiu com incredulidade.

— E você acha que os funcionários da loja vão nos contar? Mesmo que eles saibam quem ela é? Está na cara que isso não vai dar certo.

— Precisamos tentar. É a única pista que a gente tem. — Antônio olhou em torno. — Onde se pode pedir informações por aqui?

Havia algumas lojas pequenas nas imediações. Antônio e Michael entraram em várias, entre elas um restaurante de comida chinesa, uma floricultura, duas mercearias e uma tabacaria. Nenhuma das pessoas que os atenderam ouvira falar de um supermercado, loja ou o que fosse com o nome "Allerton's Place", muito menos naquela área da cidade.

Foi só lá pela décima tentativa, uma loja de revelação de fotografias, que eles encontraram uma pista. O vendedor, simpático e solícito, lhes disse que Allerton's Place era um mercado pequeno, que ficava na Avenida Allerton, do outro lado do parque do Bronx.

— Como se chega lá? — Michael perguntou.

O homem olhava para eles com uma expressão intrigada, que, se pudesse ser traduzida em palavras, seria algo como "por que esses dois moleques querem tanto ir a um mercado de bairro?", mas respondeu:

— A maneira mais rápida é ir de ônibus. Tomem o Bx12 na Estrada Fordham e peçam para o motorista deixá-los na altura da Avenida Laconia. Aí é só andar umas quatro quadras à esquerda até a Allerton. O Allerton's Place fica quase na esquina com a Laconia.

Foi o que os dois fizeram. Eles subiram a Hoffman até o mesmo ponto de ônibus onde haviam descido e tomaram novamente o já conhecido Bx12. O trânsito fluía bem e, em poucos minutos, depois de passar pelo meio do parque, eles desceram numa esplanada larga, bonita e muito arborizada, com várias autopistas nos dois sentidos. Seguindo as instruções do homem, viraram à esquerda e, sem nenhum auxílio de mapa, encontraram a Laconia, uma avenida de casas, e, quatro quarteirões adiante, a Allerton. O Allerton's Place estava bem à vista, com seu letreiro já familiar idêntico ao desenho das sacolas. A fachada era modesta.

— OK. Estamos aqui — disse Michael. — O que fazemos agora? Entramos no mercado e perguntamos: "Oi, estamos procurando o endereço de uma mulher que não conhecemos, mas que fez uma compra aqui?"

Antônio também não sabia. Mas animava-se ao ver que, em poucos minutos, tinham reduzido dramaticamente o campo de ação. A mulher do "13" devia morar ali por perto. Na certa, ela saíra de casa, passara no Allerton's para comprar comida e levou tudo, de carro, táxi ou ônibus, para o apartamento de Norberto, a fim de terminar a mudança.

— Talvez a gente encontre um vendedor legal, que resolva nos ajudar...

— Mas até os vendedores legais suspeitam das pessoas e chamam a polícia. Precisamos bolar alguma coisa convincente para dizer. O quê?

— Que a mulher perdeu um objeto e queremos entregar...

— E que objeto vamos mostrar? E se eles resolverem ficar com ele e entregar a ela pessoalmente?

— É... Não vai funcionar.

— Não mesmo.

Antônio pensou por um instante e seu rosto, de repente, se iluminou de tal maneira que Michael se convencera de que ele tivera uma grande ideia, antes mesmo de ouvi-la.

— Essa não pode falhar!

Antônio, então, contou a Michael o que imaginara. Este sorriu. Era mesmo um plano interessante. Tinha tudo para funcionar.

— Precisamos fazer uma cara dramática — Michael frisou. — Mas não muito, senão eles vão desconfiar.

— Afinal, a mulher é uma desconhecida. Mas somos sensíveis o bastante para vir até aqui procurar saber quem ela é.

E foi assim, cheios de confiança, que eles entraram na loja.

A própria Rachel Zilberman abriu a porta da *townhouse* da Praça Sutton quando Edwina Whitaker chegou.

— Desculpe, me atrasei — disse Edwina. — Bob pediu que eu fosse à igreja com ele... Você sabe como ele é.

— Não tem problema. Já tomou café da manhã?

— Já, mas tomo outro sem problema nenhum.

Rachel fez um sinal para Edwina acompanhá-la até a copa, onde uma pilha de sanduíches de queijo e de frango ocupava uma travessa enorme no centro da mesa. Ela estava desde cedo na cozinha preparando montes de sanduíches para oferecer às pessoas que fossem até lá prestar condolências.

No canto, uma televisão ligada mostrava imagens ao vivo dos escombros do World Trade Center, onde equipes de resgate lutavam para encontrar corpos e, quem sabe, algum sobrevivente.

Edwina sentou-se e Rachel serviu café, quando a campainha tocou novamente. Rachel foi atender e voltou logo depois, trazendo um vaso com uma orquídea.

— Condolências por Yaakov.

— Quem mandou?

Rachel leu o cartão.

— Um amigo de Yaakov. Com certeza, não é judeu. Se fosse, não mandaria flores.

— Por quê?

— Porque não se manda flores para uma família judia enlutada.

— Vai jogá-las fora?

— Não. Seria muita grosseria e precisamos ser abertos às manifestações de carinho dos amigos. Vou encontrar, depois, um lugar na sala para colocá-la.

Rachel sentou-se em frente a Edwina. Para uma pessoa que havia acabado de perder o marido num atentado que estava causando comoção mundial, Rachel parecia espantosamente calma.

— Onde está Bob? — ela perguntou.

— Disse que vem depois. Estava ocupado com algumas coisas.

Edwina esperou que Rachel perguntasse "que coisas?", mas, em vez disso, ela declarou:

— Com Leila Wassouf e Yaakov mortos, eu vou ter de assumir o comando da firma. Pelo menos enquanto Farid estiver desaparecido.

Edwina fez que sim com a cabeça enquanto tomava o café.

— Não vou esperar o fim da Shiva para fazer isso.

— Quer que convoque uma reunião?

— Sim. Para hoje ao meio-dia. Aqui em casa. Almoçamos em seguida. Chame Bob e, também, Donald Monroe. Algum funcionário estava no World Trade Center quando houve o atentado?

— Sim, mas ninguém morreu. Conseguiram deixar a Torre Norte depois que o avião se chocou.

— Sabe se algum deles... acompanhou a investigação que Farid estava fazendo?

O tom de voz de Rachel, agora, era objetivo, sem qualquer traço de emoção. O tom de voz firme e neutro de uma executiva que põe os interesses de sua firma acima de tudo.

— Não, mas posso apurar. Bob talvez saiba de alguma coisa.

— Yaakov me garantiu que Farid não dividiu com ninguém na firma a responsabilidade da investigação.

— Mas alguém lá devia saber de alguma coisa. Todos estavam muito interessados.

— Imagino. Se havia algum esquema de fraude na firma, ele já deve ser coisa do passado. Foi o que Yaakov me disse.

Edwina alteou as sobrancelhas, surpresa.

— Yaakov disse isso a você?

— Disse.

— Quando?

— Há umas duas semanas. E ia dizer isso também a Leila. Talvez já estivesse dizendo, quando houve o atentado.

Edwina estava boquiaberta, totalmente sem reação.

— Faça o que estou mandando, Edwina. E avise aos participantes da reunião que não trataremos de nada referente à tal fraude. Esse é um assunto que está esquecido. — Rachel levantou-se e apanhou o vaso. — Pode se servir de quantos sanduíches quiser. Vou colocar essa orquídea na mesa da sala de jantar.

Ela saiu da copa em direção à sala. Atônita, Edwina estava com a xícara suspensa na mão direita. Ela levou quase um minuto para exclamar para si mesma:

— Como assim, Rachel? Esquecido? Mas JÁ?!

CAPÍTULO 11

O ALLERTON'S PLACE ERA UM MERCADO SIMPÁTICO, não muito grande para ser chamado de "supermercado", mas com espaço suficiente para vender praticamente de tudo, de alimentos a produtos de perfumaria e livros. Era limpo e organizado e os clientes pareciam ser todos moradores do bairro. Isso era bom, pois reforçava a tese de Antônio de que a mulher do "13" morava na área.

Mas outro detalhe chamou positivamente a atenção dos dois garotos: havia câmeras de vigilância instaladas em pontos estratégicos do teto. Ou seja: se a mulher fizera compras ali, fora filmada e as imagens dela estariam guardadas em algum lugar.

Antônio e Michael aproximaram-se de um balcão, onde um homem de cabelos grisalhos fazia contas numa calculadora enquanto folheava extratos de compras. Assim como na cozinha de Rachel

Zilberman, havia, ali, um televisor ligado mostrando cenas dos resgates no World Trade Center.

Michael, com seu inglês nativo, foi quem tomou a palavra:

— Bom-dia. O senhor pode nos dar uma informação?

O homem ergueu os olhos. Ele usava óculos de leitura e observou-os por cima das lentes, que haviam escorregado parcialmente pelo nariz.

— Pois não?

— Estamos vindo da Estrada Fordham. — Foi a primeira rua que viera à mente de Michael. — Vimos uma mulher desmaiar depois de falar no celular. Parece que ela recebeu uma notícia de que alguém da família morreu nos ataques de ontem ao World Trade Center.

O homem empertigou-se na cadeira. Com o rosto compenetrado, ouvia interessado, o relato de Michael.

— Ela foi levada numa ambulância para algum hospital, não sabemos qual — completou Michael.

— Por que vieram aqui? Ela é parente de algum funcionário nosso?

— Não sabemos — disse Antônio. — Mas ela deve ser alguma cliente, porque estava carregando sacolas daqui.

— Qual o nome dela?

— É o que nós queremos saber. Para avisar a família ou amigos. Ela estava sem documento de identificação.

O homem parecia perturbado. A situação era bastante surreal. Ele lançou um olhar desconfiado para os dois.

— É verdade o que vocês estão me contando?

— Claro, senhor. — Michael fez cara de ofendido. — Por que o senhor acha que nós viemos aqui?

O homem pareceu pensar. A situação era anômala, mas a cidade estava sendo sacudida por eventos anômalos desde ontem.

— O que querem que eu faça?

— Nós vimos bem o rosto dessa mulher — explicou Antônio. — E vimos que ela carregava pão fresco na sacola. Ela deve ter feito compras aqui há, no máximo, duas horas. As câmeras da loja, com certeza, gravaram alguma imagem dela.

— Com a filmagem, acho que vai ser fácil descobrir quem ela é — completou Michael.

O homem abriu um sorriso seco.

— Não posso mostrar a gravação da loja a dois garotos desconhecidos. Sinto muito. Quem me garante que vocês não são dois delinquentes que querem extorquir a mulher ou a família dela?

Antônio e Michael se surpreenderam com a rispidez do homem.

— Pior: como posso saber se vocês dois estão, de fato, falando a verdade? Vocês podem muito bem ter inventado essa história.

— Por que a gente faria isso?

O homem cruzou as mãos, encarando-os com firmeza.

— Como vou saber? Não sou adivinho. Motivos não faltam.

— O senhor não tem pena dessa mulher? — perguntou Antônio, revoltado. — Não quer que a família a encontre?

— A família já deve ter sido avisada há muito tempo. Vocês gastaram sola de sapato à toa vindo até aqui. Se não vão comprar nada, podem ir embora.

O homem baixou novamente os olhos para os extratos de compras que estava examinando. Antônio e Michael trocaram um olhar indignado. Não podiam entregar os pontos justo agora. Foi Michael quem tomou a iniciativa de falar:

— Nós vamos comprar sim.

Puxou Antônio pelo braço. O homem continuou absorvido pelas contas que estava fazendo e não lhes deu mais atenção. Com uma cestinha na mão, eles se esgueiraram pelos corredores do mercado.

— O que nós vamos comprar, cara? — protestou Antônio. — Ficou doido? Nós viemos para descobrir...

— Eu sei — interrompeu Michael. — Mas precisamos ganhar tempo para pensar numa nova estratégia.

Estavam num corredor entre prateleiras semivazias. As pessoas estavam estocando comida em casa e alguns produtos já estavam em falta. Um funcionário do mercado apareceu de repente, dirigindo-se furtivamente a eles. Agora é que iriam ser expulsos dali.

— Oi. Podemos conversar um pouco? Eu ouvi o bate boca entre vocês e o sr. Wharton.

Então esse era o nome do homem grosseiro que fazia as contas.

— Não liguem. O sr. Wharton é um cara legal, mas muito fechado. Ele é o gerente da loja. — Ele, num gesto camarada, estendeu a mão para os meninos, que hesitaram em apertá-la. — Prazer. Eu me chamo Kevin. Como podem ver pelo meu uniforme, trabalho aqui.

Antônio e Michael se apresentaram com outros nomes. Antônio disse que se chamava Paul e Michael, Stuart.

— Ouvi vocês falando da mulher que passou mal... — Kevin disse. — Talvez eu possa ajudá-los. Sabem dizer como ela era fisicamente? Era velha ou moça?

— Nem uma coisa nem outra — respondeu Antônio. — Ela deve ter uns quarenta e poucos anos. Estatura média, cabelos escuros, pele clara...

— Se ela é cliente daqui, o senhor deve conhecê-la... — sugeriu Michael. — E ela esteve aqui hoje.

— Conhecemos praticamente todos os clientes. A maioria é daqui da vizinhança. Vou levar vocês até a sala onde fica o monitor do circuito de segurança e vejam se conseguem reconhecê-la pelas imagens.

Antônio e Michael se animaram. O plano começava a dar certo. Olharam na direção do sr. Wharton, mas ele continuava concentradíssimo nos cálculos e, aparentemente, se esquecera deles.

Kevin os levou até uma espécie de escritório que ficava num mezanino fechado. Chegava-se até lá por uma escada de ferro. A sala tinha apenas uma mesa redonda com um grande aparelho de TV e algumas cadeiras ao redor. Kevin fechou a porta e os três se sentaram. O relógio no monitor marcava 11:47. A manhã estava voando.

— Vocês se lembram de que horas a mulher foi socorrida pela ambulância?

— Faz mais ou menos uns... quarenta minutos — disse Antônio, calculando, sem a menor convicção, o tempo aproximado desde que saíram do apartamento na Rua Hoffman.

— O Allerton's Place abre às sete e meia. Hoje, por causa dos ataques de ontem, abrimos pouco depois das oito e meia. Alguns funcionários moram em bairros mais distantes e cinco nem puderam vir. Estamos todos com medo que, a qualquer momento, aconteça outro atentado. Deus queira que eu esteja errado.

Antônio e Michael concordaram. A conversa estava interessante, mas eles queriam saber o nome da mulher. E o endereço dela.

— Se a mulher entrou na ambulância há quarenta minutos, isso aconteceu por volta das onze. Daqui até a

Estrada Fordham leva mais ou menos uns vinte minutos. Ou seja: ela não esteve aqui depois das dez e meia. Então, precisamos examinar apenas duas horas de gravação. Não é muito se fizermos isso em *fast forward*.

Começaram do início, da hora de abertura da loja: 8:30 em ponto. Kevin avançou a fita devagar, fazendo com que as pessoas na tela entrassem, circulassem, fizessem compras, pagassem e saíssem do estabelecimento em ritmo acelerado. O relógio na tela marcava 9:19 quando uma mulher surgiu na entrada. Antônio e Michael gritaram ao mesmo tempo:

— É ela!

Kevin voltou a fita à velocidade normal e eles acompanharam o itinerário da mulher dentro do mercado. Viram quando ela comprou pão fresco na padaria. O pão cujo perfume impregnava o apartamento na Rua Hoffman.

— Foi o que eu imaginei — Kevin disse.

Michael virou-se para ele:

— Você a conhece?

— Sim. O nome dela é Fiona Rogers. Costuma vir fazer compras umas três vezes por semana. Mora sozinha aqui perto, na Avenida Yates.

Antônio sorriu malandramente.

— Então fizemos bem em vir, não é?

— Agora que vocês já sabem quem ela é, podem avisar a família. Nossa missão está cumprida.

Sentado atrás do balcão, o sr. Wharton continuava examinando os extratos de compras. Mas o objetivo agora era outro. Em vez de conferir valores, ele agora estava em busca de nomes.

A mudança fora sutil e ele tinha certeza de que os dois garotos não desconfiaram.

Ele havia voltado a folhear as notas desde o começo, procurando por nomes femininos que se encaixassem nas descrições da mulher dadas pelos meninos. Quem seria ela?

A vinda deles à loja era estranha demais. E aquela história de desmaio e ambulância estava muito mal contada. Ele não nascera ontem. Se a mulher passou mal ao receber uma notícia pelo celular, bastava checar no identificador de chamadas do aparelho com que número ela estava falando, ligar para ele e comunicar ao hospital para o qual ela fora levada.

Nova York estava em estado de tensão máxima, centralizando as atenções do mundo e ferida de morte por um atentado covarde e monstruoso.

Quem podia garantir que eles não estavam sendo usados por terroristas? Ou pelo serviço secreto de algum país inimigo para desestabilizar os Estados Unidos ainda mais?

O sr. Wharton era leitor ávido de romances de espionagem. Via conspirações em todo lugar. A mulher procurada bem podia ser uma agente da CIA que descobrira os autores dos ataques de ontem e agora alguém queria silenciá-la e estava usando dois garotos insuspeitos – crianças, em geral, não despertavam suspeitas graves – para encontrá-la.

O Allerton's Place abrira mais tarde naquela manhã. Havia bem menos fregueses do que ontem, quando houve uma verdadeira corrida às prateleiras como se uma guerra atômica estivesse a caminho. Muita gente tinha preferido ficar em casa, com medo do que poderia acontecer numa cidade ainda sob ameaça de ataques e com policiais, soldados e agentes por todos os lados, cheios de adrenalina nas veias.

Após examinar e reexaminar as notas, o sr. Wharton concluiu que apenas cinco clientes poderiam corresponder à mulher que os garotos procuravam. Todas elas tinham cadastro na loja. Ele, então, começou a telefonar para cada uma delas a fim de se certificar de que estava tudo bem. Como desculpa, disse que estava ligando apenas para informar que no dia seguinte o mercado abriria no horário de sempre.

Só uma cliente não atendeu: Fiona Rogers.

Quando ele começava a achar que os garotos, afinal, não tinham mentido, a televisão ao seu lado teve a programação interrompida por uma notícia ao vivo do Bronx: uma mulher acabara de ser executada com dois tiros na cabeça num apartamento na Rua Hoffman. Vizinhos ouviram os disparos e chamaram a polícia, que estava no lugar naquele momento.

O nome da vítima era Fiona Rogers.

Nisso, ele viu os garotos atravessando o mercado, escoltados por Kevin, que os levou até a saída. Despediram-se com sorrisos. Antes de perguntar ao funcionário o que ele e aqueles dois delinquentes conversaram, o sr. Wharton pegou o telefone e discou para a polícia. Tinha uma denúncia a fazer.

CAPÍTULO 12

Ao meio-dia em ponto, Rachel Zilberman abriu a porta que dava para a rua, deixando-a encostada como um sinal de boas-vindas para as pessoas que viessem lhe prestar condolências. Uma placa no aparador de entrada dizia que ela estaria em reunião na próxima uma hora.

Em seguida, ela fechou a porta que dividia as salas de estar e de refeições e sentou-se à cabeceira da mesa. À sua direita já estavam Bob Martinez e Edwina Whitaker. À esquerda, o Dr. Donald Monroe, farmacêutico e consultor científico da Wazimed. Donald estava pálido e tenso, resquício da manhã de ontem. Ele era um dos que estavam no escritório da firma na Torre Norte do World Trade Center, quando o avião se chocou. Teve de descer, apavorado, mais de vinte andares pelas escadas e assistiu, da rua e em pânico, à queda das torres.

Donald chegou a ser levado para o hospital Saint Vincent, em Greenwich Village, após uma crise nervosa, mas não ficou lá mais do que duas horas, sendo logo liberado. Ainda estava sob efeito de calmantes, mas lúcido o bastante para participar da reunião.

— Eu chamei vocês aqui hoje — começou Rachel — porque, mesmo ainda arrasada com tudo o que aconteceu ontem, me sinto no dever de assumir a liderança da empresa.

Todos apenas acenaram com a cabeça.

— Precisamos nos instalar num novo escritório e retomar a rotina de trabalho o mais rápido possível. — Virou-se para Bob. — Você, Bob, está encarregado de encontrar um novo escritório, do tamanho do anterior e, de preferência, num prédio baixo e discreto, que não chame a atenção de outros terroristas.

— Eu comecei a fazer isso esta manhã, Rachel — Bob disse, sorridente. — Por isso não vim mais cedo.

— Encontrou alguma coisa?

— Ainda não. Muitas imobiliárias estão fechadas. Só encontrei um corretor disposto a me receber esta tarde. Fiquei de ligar para confirmar o horário.

— Não há pressa. Até encontrarmos o novo escritório, poderemos trabalhar aqui em casa. Vou ignorar os dias de luto e arrumar as salas aqui do térreo para acolher a empresa em caráter provisório. De acordo, Dr. Donald?

Donald Monroe balançou a cabeça afirmativamente.

— Posso começar agora mesmo, sra. Zilberman. Trouxe meu laptop.

— Muitas informações da firma estão digitalizadas — lembrou Edwina. — Há muita coisa guardada no escritório de São Paulo.

Rachel sorriu.

— Certo, Edwina. Ligue para São Paulo ainda hoje e peça para eles providenciarem cópias de todos esses arquivos e nos remeterem tudo o mais rápido possível.

Edwina, Bob e Donald perceberam que Rachel parou de falar subitamente. Ela ficou mirando o tampo lustroso da mesa de carvalho em silêncio por longos minutos.

— Alguma notícia de Farid Wassouf? Como vão as buscas a ele?

Rachel fez a pergunta e olhou imediatamente para Bob, que pareceu se encolher na cadeira, num gesto defensivo.

— Tudo na mesma — ele respondeu defensivo.

— Nenhuma pista?

Bob balançou a cabeça em negativa.

— Como pode um homem desaparecer dessa maneira? — indagou o Dr. Donald, de repente. Ele parecia indignado.

— Acho mais provável que tenham desaparecido com ele — respondeu Bob.

Edwina olhava assustada para Rachel. Há poucas horas as duas tinham conversado e Rachel dissera a Edwina que dali em diante eles não procurariam mais esclarecer o esquema de fraude na Wazimed. Edwina não entendia o que estava acontecendo. Queria cobrar esclarecimentos de Rachel. Queria saber por que ela tinha decidido esquecer tudo assim, de repente. Mas não teve coragem.

Edwina só sabia que era uma decisão muito estranha. Aliás, estranhíssima. Estava preocupada e ficou mais ainda quando Rachel tomou novamente a palavra para comunicar:

— Já que não descobrimos nada até agora, vamos interromper as buscas a Farid. Pelo menos por enquanto.

— Desculpe, Rachel, mas essa é uma decisão precipitada — Edwina não se conteve mais. — Ainda mais agora que o filho dele está aqui.

— Não podemos reerguer a firma e procurar Farid ao mesmo tempo.

— Mas alguém precisa localizá-lo — Edwina insistiu. Falava com nervosismo, agora: — O filho precisa encontrar o pai. Ele é órfão, agora.

Rachel sorriu, com certa indulgência.

— A polícia está investigando, Edwina. Ela tem muito mais condições do que nós de descobrir o que aconteceu a Farid. Tenho certeza de que ele está vivo e muito bem de saúde. Uma hora ou outra, ele vai aparecer. Quando isso acontecer, ele saberá onde encontrar o filho, que estará aqui, comigo, em total segurança.

Bob, Edwina e Donald trocaram olhares apreensivos.

Rachel complementou:

— Não há sentido em mantermos investigadores particulares atrás de Farid, quando temos uma empresa para reerguer. Vamos deixar essa missão para a polícia. A partir desse momento, a Wazimed está fora das buscas. — Ela gesticulou para Edwina. — Tome nota disso e avise ainda hoje os detetives.

Edwina abriu sua agenda e obedeceu, contrariada.

— Agora quero que vocês me ponham a par da situação da empresa. Bob, você saberia me dizer de quanto foi o nosso prejuízo com os atentados de ontem? Temos como manter nossas atividades normalmente a partir de agora?

Bob não soube por onde começar. Só conseguia pensar que Rachel estava estranhamente calma e pragmática demais para quem havia acabado de ficar viúva.

Aquilo não lhe pareceu bom.

CAPÍTULO 13

A AVENIDA YATES ERA UMA RUA CALMA, ARBORIZAda, margeada por casas graciosas, a maior parte de tijolos vermelhos e rodeadas por pequenos jardins. Praticamente nenhuma delas tinha muro, cercas altas ou qualquer coisa que as isolasse das calçadas. Parecia uma área residencial de uma rica e pacata cidade interiorana e não uma rua no coração de um bairro com fama de violento, às portas de uma metrópole como Nova York.

Antônio e Michael localizaram a casa de Fiona Rogers sem dificuldade. Tinha dois andares e parecia limpa e bem cuidada. Um muro baixo de tijolos vermelhos, erguido nos fundos, separava-a do terreno que dava para a rua seguinte. Uma vez de posse do nome de Fiona e da rua onde morava, bastou uma ligação, de um telefone público, ao serviço de informações 411 para descobrir o número.

Tocaram a campainha, sentindo-se ansiosos. Um garoto comprido e cheio de sardas no rosto, e que devia estar beirando os vinte anos, veio atender. Não falou nada, nem um bom-dia, e ficou parado olhando para os dois à espera de que um deles dissesse o que desejava.

— Bom-dia. É aqui que mora Fiona Rogers? — Michael perguntou.

O garoto sardento apontou o dedo para o alto.

— No segundo andar. É só subir a escada ao lado da casa. Mas a essa hora ela está sempre na rua.

Fechou a porta com a mesma rapidez com que a abriu. Antônio e Michael contornaram a casa e encontraram a escada rente à parede. A casa devia ser originalmente de uma família só, que resolveu dividi-la em duas unidades diferentes. A escada levava a uma pequena varanda, parcialmente encoberta pela copa de uma árvore. Localizaram a campainha e tocaram uma, duas, três, cinco, dez vezes. Ninguém veio atender. Antônio e Michael trocaram um olhar apreensivo.

— Não tem ninguém — Antônio resmungou. — Como a gente entra?

— Devíamos ter pensado nisso antes. Eu podia ter trazido alguma ferramenta.

— E agora?

Michael olhou em volta.

— Se vamos entrar, temos que fazer isso logo. Com uma vizinhança calma dessas, a qualquer minuto alguém pode nos ver. Aliás se não fosse essa árvore, pode apostar que já teria alguém olhando para cá.

— Está pensando em arrombar a porta?

— Ou uma janela. Temos escolha, por acaso?

— Mas como vamos fazer isso?

Era uma boa pergunta. Que não tinha resposta. Pelo menos por enquanto. Michael olhou à volta. A janela ao lado da porta também estava fechada. O vizinho sardento de baixo parecia pouco — para não dizer nada — interessado no que acontecia fora da sua casa e, àquela altura, com certeza já se esquecera dos dois. Fiona Rogers passaria o dia no apartamento de Norberto Amato. Michael lembrou-se que estava com toda a sua mesada no bolso e foi então que teve um estalo.

— Vamos precisar ligar de novo para o 411.

Os dois voltaram ao telefone público onde estiveram minutos antes. Michael ligou e pediu os contatos de alguns chaveiros naquela região do Bronx. Antônio foi tomando nota enquanto ele falava. Depois tentaram o primeiro da lista. Michael contou que precisava de um chaveiro para arrombar a porta da sua casa. Disse que sua mãe, Fiona, tinha saído cedo e acabara de descobrir que estava sem a chave.

— Como você se chama?
— Michael. Michael... Rogers

Passou o endereço ao homem.

— Em dez minutos estarei aí.

O homem chegou pouco depois da hora marcada. Antônio ficou escondido atrás da casa, enquanto Michael conversava naturalmente com o chaveiro. Michael tinha uma aparência que não atraía suspeitas imediatas — era branco, cabelos castanho-claros, cara de bom menino e estava bem-vestido — e, além do mais, quem desconfiaria de um garoto? Pelo menos, foi o que ele e Antônio pensaram e, pelo visto, funcionou. O homem conseguiu abrir a porta sem dificuldade. Deu a chave a Michael e recomendou que, por precaução, a mãe dele mudasse a fechadura o quanto antes. Quando ele foi embora, Antônio subiu depressa a escada e os dois entraram na casa. Tinha custado uma grana alta e não fora lá muito decente, mas era o que precisava ser feito. Se restava um consolo, pelo menos eles não tinham precisado arrombar nem quebrar nada. Não queriam dar prejuízo à sra. Rogers.

Havia um trinco interno na porta e Michael girou-o, trancando-a por dentro. Antônio disse:

— Vamos procurar depressa. Quanto menos tempo ficarmos aqui, melhor.

A busca no apartamento não seria longa, a julgar pelo tamanho dele. Era relativamente pequeno, composto, basicamente, por uma sala de uns quarenta metros quadrados, com um quarto à esquerda e uma cozinha e um banheiro à direita. Mas era limpo e parecia aconchegante. Parte da mobília era antiga e bem conservada — provavelmente algumas peças foram herança de família —, o forro de madeira era envernizado e uma lareira sobressaía bem no meio da sala.

Depois de examinarem todos os cômodos, Antônio e Michael concluíram que a casa era arrumada. Arrumada até um pouco demais, na verdade. Afinal, se Fiona estava esvaziando o apartamento de Norberto, pelo menos uma parte dos pertences dele deveria ter sido levada para ali, mas não era o que parecia. Não havia uma única caixa de mudança ou sacola em qualquer canto da casa que parecesse oriunda de uma mudança. Tudo bem, Fiona talvez tivesse resolvido doar ou vender tudo e não ficar com nada para si. De qualquer forma, Antônio e Michael ficaram cismados.

— O que você acha? — Michael perguntou a Antônio.

Antônio deu de ombros.

— Vamos dar uma vasculhada nos armários dela.

E foi o que fizeram. Durante uns quinze minutos abriram cada um dos armários e cômodas e demais móveis onde fosse possível guardar coisas — nem a cozinha foi poupada.

Eles começavam a acreditar realmente que Fiona havia decidido não se envolver nos negócios de Norberto, como ela própria afirmara, quando Antônio olhou casualmente para o teto — todo de madeira envernizada. Na mesma hora lembrou-se do telhado da casa, em forma de "v" invertido. Provavelmente, havia um sótão no espaço entre a ponta do "v" e o forro de madeira. Como a casa havia sido dividida em dois apartamentos, o mais certo era que o sótão, se de fato estava em uso, ficara para a proprietária do andar superior, ou seja: Fiona.

E Fiona podia estar usando o local como depósito. Inclusive para guardar os arquivos de Norberto.

Mas como chegar até lá? Antônio expôs suas suposições a Michael, que concordou. Sótãos eram comuns nas casas americanas. Normalmente o acesso era feito por escadas, mas não havia nenhuma dentro ou fora do apartamento que levasse até lá. A única que encontraram foi uma de armar, feita de alumínio e com seis degraus, encostada num canto da cozinha. Michael montou-a e constatou que ela ia quase até o teto. Uma pessoa adulta teria de se curvar no degrau mais alto, para não encostar no forro.

— Deve haver alguma passagem pelo teto. E ela deve estar num lugar do apartamento onde haja espaço para essa escada ser montada.

Os dois, então, examinaram e percorreram todo o apartamento novamente, olhando para cima, até que Antônio notou, num canto do quarto, perto da janela, um quadrado quase imperceptível riscado no forro, como se alguém tivesse traçado as linhas com uma esferográfica preta. Precisou firmar a vista e examinar demoradamente para ter certeza. Chamou Michael e mostrou a ele.

— Vou pegar a escada — Michael disse, logo voltando com ela. Ele tomou a iniciativa de subir os degraus e, sem perder tempo, forçou o quadrado para cima. Ele o desencaixou sem dificuldade do restante do forro, revelando uma passagem. Michael entrou primeiro. Antônio foi em seguida.

O sótão não era grande, mas tinha menos poeira do que os dois esperavam encontrar. Eles se encheram de esperanças ao ver vários caixotes, a maioria de papelão, amontoados e começaram a vasculhá-los. Havia muitas pastas e fichários, a maioria etiquetada com nomes de pessoas. Estava na cara que se tratava dos clientes de Norberto Amato. Antônio e Michael devem ter levado uns quinze minutos para examinar tudo até concluírem, frustradíssimos, que nenhuma etiqueta exibia o nome de Farid Wassouf, de Yaakov Zilberman, da Wazimed ou mesmo do misterioso "Bispo" mencionado por Fiona.

— Talvez Norberto e seu pai tenham inventado um nome falso para colocar nas etiquetas. Um nome que só os dois sabiam.

Antônio suspirou, contemplando, desanimado, a quantidade de pastas que teriam de examinar.

— O assassino de Norberto deve tê-lo feito confessar onde estavam as pastas antes de matá-lo.

— Mas Norberto devia ter cópias de tudo. O cara era um investigador profissional e experiente. Não ia ser bobo e não se precaver.

— Ele *foi* bobo. Tanto que foi morto.

Enquanto falava, Antônio remexia sem interesse numa última caixa, uma caixa de madeira não envernizada que não guardava pastas ou papéis. Havia nela objetos pessoais, álbuns de retratos, flâmulas de um time de basquete, um *discman* com fone de ouvido plugado, dois gravadores, caixas de som pequenas, alguns livros, vídeos e CDs.

Antônio folheou primeiro os livros, sem memorizar os títulos nas capas e, depois, os fichários. Todos guardavam recortes de jornais americanos colados nas páginas. Eram notícias de dois anos atrás, a maioria sobre a cidade de Nova York ou sobre as eleições presidenciais do ano anterior, em que George W. Bush se tornou o novo presidente dos Estados Unidos, num pleito cercado de suspeitas. Nada que interessasse às buscas deles.

Em seguida, com dois dos fichários no colo, Antônio olhou os CDs. Um deles era uma coletânea de músicas da Enya, uma cantora irlandesa de *New Age*. Lembrou-se, emocionado, que seu pai adorava as músicas dela. Quase todo fim de noite, Farid punha um CD dela para tocar, enquanto se recostava numa poltrona na sala e ficava lendo por horas antes de ir se deitar.

O nome do CD era "Paint de Sky with Stars – The Best of Enya". Antônio abriu-o e teve uma surpresa: dentro, havia um CD-R de dados gravável e não o CD original do álbum. Seria uma cópia pirata?

Mas foi olhando o verso do álbum que Antônio teve a maior surpresa: o CD, embora de uma cantora irlandesa de renome internacional e encontrado no sótão de uma casa nos Estados Unidos, havia sido gravado... no Brasil. Mais precisamente na Zona Franca de Manaus.

A essa altura Michael já estava do lado dele. Antônio explicou que Enya era a cantora favorita do pai. Michael notou o *discman* na caixa e ligou-o. Os dois partilhavam das mesmas suspeitas, mas não fizeram nenhum comentário a mais até o CD começar a rodar e surgir, no visor, uma mensagem de erro. Tentaram novamente e a mensagem voltou a aparecer. Nenhuma música. Aquele parecia mesmo ser um disco de dados. E o que estava fazendo dentro do CD de uma das cantoras favoritas de Farid Wassouf?

— Parece que encontramos alguma coisa. — Sorriu Michael. — Na falta de algo melhor...

— Vamos precisar de um computador para ter certeza — afirmou Antônio. — Será que Fiona tem algum laptop guardado?

E foi neste momento que eles escutaram sons próximos. Batidas fortes e nervosas. E vinham do andar de baixo.

CAPÍTULO 14

Barba Negra não quis ficar dentro do carro.

Era arriscado. Um dia depois do maior atentado terrorista da história, um homem sentado dentro de um carro desligado, parado na rua em plena Manhattan, certamente atrairia a atenção da polícia, que estava por todos os cantos. Ainda mais numa cidade mais vazia do que o normal, ou seja: com menos gente com que se misturar. Ser interrogado e fichado pela polícia era tudo do que Barba Negra menos precisava naquele momento.

Ele estacionara o carro na Rua 58, esquina com a Avenida Sutton Place, a um quarteirão da casa dos Zilberman. O grande problema daquela área é que ela era predominantemente residencial. Se simplesmente permanecesse em pé na calçada, a polícia iria notá-lo. O jeito era sair devagar a pé, dando voltas pelos quarteirões. Não havia, por ali, praticamente nenhum comércio que pudesse distraí-lo, nem um café para passar o tempo e o pouco que havia estava fechado. Pedestres eram raros, o que o fez sentir-se mais vulnerável.

Felizmente, contava com uma aliada.

A orquídea que enviara a Rachel mais cedo.

O vaso continha um pequeno, porém potente, microfone embutido na base do caule, diretamente ligado a um ponto eletrônico que Barba Negra colocou atrás da orelha. Dessa maneira, ele acompanhava toda a conversa na sala de Rachel e, quando o maldito Bob saísse, teria tempo de entrar no carro e segui-lo. Da Praça Sutton, Bob só poderia dobrar na Sutton Place. Por isso, Barba Negra escolhera aquela vaga. Ela ficava estrategicamente posicionada de frente para a avenida, permitindo observar com calma que sentido da Sutton Place Bob escolheria.

Bob estava armando e Barba Negra não iria perdoar-lhe pela traição.

Se tudo corresse bem, hoje ele seria capturado e posto fora de combate.

Pouco antes das 16 horas, Barba Negra ouviu Bob se despedindo de Rachel. Ele andou calmamente até o seu carro e girou a chave na ignição. Manteve a cabeça parcialmente oculta pela direção, enquanto via o Chrysler Stratus cinza de Bob dobrar a esquina para a esquerda e continuar pelas ruas desertas de Manhattan.

Barba Negra seguiu-o, sempre procurando guardar alguma distância, para não ser notado. Não seria surpresa se o destino de Bob fosse o armazém da Wazimed, em Newark, ou o prédio infame que ficava ao lado. No entanto, seria difícil chegar até lá, já que o túnel subterrâneo que ligava Manhattan a Nova Jersey estava interditado por motivos de segurança. Além disso, horas antes, no fim da noite de ontem, a polícia interceptara um caminhão carregado de explosivos sobre a ponte George Washington, outra opção para se chegar a Nova Jersey. Aquele não era o melhor dia para cruzar o Hudson. Bob, obviamente, ia para outro lugar.

Num cruzamento, enquanto aguardava o semáforo abrir para os carros, Bob fez uma ligação rápida pelo celular. Depois continuou até a Rua 55, onde parou o carro e seguiu a pé até a Carnegie Deli, na Sétima Avenida.

Barba Negra entrou a tempo de ver Bob atravessar o salão quase às moscas — num dia normal o badalado restaurante costumava ficar lotado e barulhento — e cumprimentar um homem jovem que Barba Negra não conhecia.

O que eles estariam tramando?

Barba Negra sentou-se a duas mesas de distância. Pediu um sanduíche de pastrami e apertou o crucifixo de prata do cordão à volta do pescoço enquanto analisava a fisionomia do amigo de Bob. Tinha certeza de que nunca o vira antes.

A casa estivera cheia ao longo da tarde. Eram parentes, amigos e colegas de Yaakov que vieram dar os pêsames a Rachel. Todos estavam em estado de choque por causa dos atentados e cinco haviam perdido outros amigos no colapso das Torres Gêmeas. O Dr. Donald trabalhara ininterruptamente no seu laptop na mesa de jantar e Bob saíra para, segundo ele, continuar procurando um imóvel para a empresa se instalar quanto antes. A pressa era justificada pela perspectiva de rápida subida nos preços, assim que todos os que tiveram escritórios destruídos no World Trade Center começassem a correr atrás de novos endereços.

Às 16:30 Rachel se despediu de uma prima, que viera com o marido e a filha mais velha, e subiu até o segundo andar. Michael e Antônio saíram muito cedo e, até agora, não tinham voltado, nem dado notícias.

Ela procurou na sala íntima algum sinal que indicasse para onde eles tinham ido. Depois, foi ao terceiro andar e repetiu a busca nos quartos. Começava a ficar preocupada.

Pensara que Michael fosse levar Antônio para passear pela vizinhança, que era tranquila e fora da rota dos terroristas. Mas eles não podiam estar há oito horas caminhando pelas redondezas, a menos que estivessem andando em círculos.

Ela começava a se arrepender de tê-los deixado sair. Em todas as vezes que ligara a TV durante o dia, os repórteres e comentaristas repetiam que um novo ataque era esperado e alguns falavam até em armas químicas. A cidade estava em pânico.

Ela desceu novamente à sala íntima, sentou-se e ficou pensando no que poderia fazer.

CAPÍTULO 15

— Você ouviu isso? — Michael perguntou, encarando Antônio com perplexidade.

Fez-se um silêncio breve e as batidas voltaram, ainda mais intensas.

O ar dentro do sótão era frio e pesado. Antônio esgueirou-se para a abertura pela qual haviam passado e gelou ao perceber que não eram simplesmente batidas. Alguém estava esmurrando o que parecia ser a porta do apartamento. Estava tentando entrar.

— Não pode ser a Fiona — comentou Antônio. — Ela usaria a própria chave.

— Eu passei o trinco na porta.

— Mesmo assim. Fiona não ia sair tão cedo daquele apartamento.

— Mas que outra pessoa iria querer entrar aqui?

— Sei lá. Vai ver algum vizinho nos viu entrar.

— Esse vizinho chamaria a polícia.

— Então é a polícia.

— Não é. A polícia cercaria a casa e nos mandaria sair com um alto-falante.

— Temos que sair daqui.

— Como? O apartamento só tem uma porta...

Os estrondos tornaram-se mais fortes. Antônio enfiou o CD da Enya no bolso da calça, segurou os dois fichários com recortes de notícias que estavam no colo e passou pela abertura.

— Seja como for, não podemos ficar nesse sótão. Ainda mais com a escada aqui embaixo entregando todo o caminho.

— Por que você vai levar esses fichários? Aí só tem notícia velha.

— Porque eles são pesados o suficiente para acertar a cabeça de alguém que venha para cima da gente.

Michael fez uma careta de concordância.

— Um, então, fica comigo. — Ele apanhou um dos fichários. — Vamos logo!

Desceram a escada. Antônio ia recolhê-la, mas Michael o deteve.

— Tive uma ideia. Vamos deixar a escada aqui.

— Mas assim esse doido que está tentando entrar vai descobrir o sótão...

— É esse o meu plano. Ele vai subir a escada e, enquanto isso, a gente foge pela porta.

Antônio pensou por alguns segundos.

— Você está certo. Na falta de um plano melhor...

— É o único. Vamos nos esconder na cozinha, que fica do outro lado.

Eles correram devagar, atravessando a sala procurando fazer o mínimo de barulho possível, e se esconderam na despensa, que se abria ao lado da porta da cozinha. Acomodaram os fichários numa prateleira e deixaram a porta sanfonada entreaberta. Dali era possível ver uma nesga da sala. Teriam de apurar os ouvidos, já que o campo visual estava comprometido.

Ouviram um estalido abafado, seguido do ruído do farfalhar de madeira. Dobradiças rangeram. O intruso havia entrado.

Antônio e Michael esperavam sinceramente que ele não viesse vasculhar a despensa. Torciam para que visse a escada no quarto antes de tudo.

De repente uma voz masculina, grossa, mas meio abobalhada, vinda do quarto, quebrou o silêncio.

— Não tem ninguém aqui, chefe...

Antônio e Michael olharam-se em suspense.

"Chefe"?

Isso significava que eram dois. Ou até mais. Isso complicava e muito a estratégia de fuga. Se eles já tinham dúvidas se conseguiriam enfrentar um, achavam quase impossível dar conta de dois.

— Como não tem ninguém? — uma outra voz masculina, mais firme, respondeu.

O de voz firme parecia estar ainda no limiar da porta do apartamento, como se estivesse avaliando a sala antes de entrar e explorar o apartamento. Antônio esticou o olhar e viu que ele usava uma jaqueta preta, apesar do calor, tinha um bigode grosso e segurava um revólver. O assistente era mais alto do que ele. Era moreno, meio gorducho, vestia jeans e camisa polo amarela que mal cobria uma barriga indecente. Parecia grávido de trigêmeos.

— Mas tem uma coisa aqui chefe, vem ver — o Barriga falou. Devia estar se referindo à escada e à abertura no sótão.

Os dois sumiram no quarto de Fiona, e Michael cutucou Antônio, sussurrando:

— E aí?

— São dois.

— Eu sei que são dois. Quero saber o que está acontecendo.

— Daqui não dá para ver quase nada. Parece que eles foram para o quarto.

— Se eles foram para o quarto, é a nossa chance de cair fora.

— Ainda não. Eles podem estar olhando a escada de perto da porta. Podem atirar na gente se nos virem correr.

De repente as vozes voltaram. Os dois estavam novamente na sala.

O Bigode comentou:

— Não me lembro da Fiona ter dito que havia uma escada para entrar no sótão.

— Também não.

Então eles estiveram com Fiona Rogers? Cada vez Antônio e Michael entendiam menos.

— Ela falou do sótão, mas não mencionou nenhuma escada... — completou o Bigode.

— Eu continuo achando que os garotos não entraram aqui — comentou o Barriga. — Não tem nenhum sinal de arrombamento na porta, nem nas janelas.

—Aquela escada não foi posta ali pela Fiona. Os garotos estiveram aqui, sim, e foram direto para o sótão onde Fiona disse que guardou os arquivos de Norberto Amato. Se ela contou para a gente, contou para eles também.

— Mas a gente estava armado...

— E quem garante que eles não estavam? São os filhos de Farid Wassouf e Yaakov Zilberman, droga... Esqueceu? Como eles entraram aqui, não sei. E se não estão mais, é porque fugiram levando alguma coisa que, com certeza, interessa à gente.

Michael e Antônio começaram a ficar realmente apavorados. Fiona contou do sótão para eles? Mas por quê? E como foi que os homens chegaram até ela?

— Eles estão falando de nós — disse Michael. — Sinal de que estiveram com ela depois que saímos de lá.

— Será que foi ela que mandou os dois atrás de nós?

— Não. Ela teria dado a chave da casa e eles não precisariam arrombar a porta.

— Só que você passou o trinco na porta quando entramos. Eles podem ter tentado abrir a porta com a chave antes.

O chefe e seu cúmplice continuavam batendo boca:

— A porta estava trancada, chefe. — Era como se o Barriga tivesse lido os pensamentos de Antônio. — Eles não iam conseguir entrar aqui. Se a gente, que tinha a chave, não conseguiu...

— Eles entraram, idiota! — berrou o Bigode, enérgico. — Você não viu a escada? E você prestou atenção no que acabou de dizer? Nós tínhamos a chave, mas não conseguimos abrir a porta. Está vendo esse trinco? Ele só funciona por dentro.

A tensão cresceu na despensa. Michael bufou, nervoso:

— Precisamos ir embora antes que eles peguem a gente aqui. Eles descobriram o trinco. Droga!

Antônio olhou em volta e, surpreendentemente, só naquele momento se interessou em saber o que havia naquela despensa. Apanhou duas latas, uma de sopa e outra de salsichas. Deu uma a Michael.

— Acho que isso pode servir como arma.

Michael olhou para as latas com desdém.

— Não tem nada pior?

— Um saco de ervilhas, talvez — Antônio respondeu, irônico. — O que você prefere?

Michael arrependia-se de não ter trazido seu canivete.

— Bem que a Fiona Rogers podia guardar talheres na despensa — ele resmungou, mal-humorado. — Não sei por que tem gente que faz armários tão grandes só para guardar comida...

— Vamos nos preparar para correr. O segredo é ficar atento. Se um deles apontar uma arma ou tentar nos apanhar, é só atirar a lata. Mire na testa ou no pescoço.

— Você tem boa pontaria? — Antônio ponderou um pouco e respondeu sem convicção nenhuma:

— Não tenho muita certeza...

Michael suspirou:

— Então estamos perdidos...

Mas logo se lembrou de algo.

— Peraí. A gente tem os fichários.

Com a correria e o nervosismo, Antônio tinha se esquecido momentaneamente deles. Os dois fichários estavam colocados numa das prateleiras e, de repente, Antônio percebeu que eles poderiam ter outra utilidade.

— Se a porta estava trancada por dentro — esbravejou o Bigode —, é sinal de que os garotos entraram e não saíram. Ou seja: eles continuam aqui.

— No sótão, eles não estão, chefe. Já olhei lá.

— Também não estão dentro dos armários, nem embaixo da cama. Já olhamos o banheiro. Só falta a cozinha

Michael olhou de esguelha para Antônio. Ambos pressionaram ainda mais as mãos nas latas. Ouviram passos na cozinha. Os homens tinham acabado de entrar. Eles passaram batidos pela despensa. Provavelmente não repararam nela e foram direto para os fundos, pensando que os dois garotos haviam se escondido o mais distante possível da sala. Foi um erro.

Antônio conferiu, pela fresta da porta da despensa, se a porta da sala estava aberta. Eles tinham pouco tempo. Assim que os homens alcançaram o outro lado da cozinha — distante da despensa cerca de quatro ou cinco metros —, Michael e Antônio abriram ruidosamente a porta sanfonada e pularam para fora, posicionando-se junto ao limiar que separava a cozinha da sala.

O Bigode virou-se no ato. O Barriga levou uma fração de segundo a mais. Pela expressão do Bigode, Antônio e Michael perceberam que eles não estavam para brincadeira.

— Ora, ora. — O chefe sorriu maldosamente. — E não é que encontramos os dois fedelhos? Fiona não mentiu, afinal.

— Vocês chegaram tarde — Michael respondeu, tentando disfarçar a tensão.

— Chegamos a tempo de pegar vocês.

— Não. A gente já conseguiu o que queria. E estamos dando o fora agora.

O Bigode olhou para o Barriga e os dois começaram a rir. Não dava para acreditar que aqueles dois pirralhos estavam dando uma de espertos para cima deles.

O chefe deu dois passos lentos à frente.

— Vocês não vão a lugar nenhum.

Ele enfiou a mão por sob a jaqueta. Na certa ia puxar a arma que estaria presa à cintura. Antes que ele completasse o movimento, Michael arremessou uma das latas, acertando-o em cheio no ombro. O Bigode aparou o braço com a outra mão. O impacto doera ou, ao menos, o desestabilizara momentaneamente.

O Barriga levou uns três segundos para perceber o que estava acontecendo. Correu na direção dos garotos, mas perdeu o equilíbrio quando Antônio atirou a sua lata no joelho dele e se estatelou no chão.

O Bigode berrou:

— Nós vamos acabar com vocês!

Toda a ação não durou mais do que dez segundos.

Enquanto os bandidos se recuperavam, Antônio e Michael já tinham alcançado a porta do apartamento. De repente, Antônio gritou, fingindo desespero:

— Os fichários que achamos no sótão. Esquecemos os fichários na despensa!

Michael respondeu, também em voz alta:

— Agora é tarde. Vamos dar o fora.

A ideia era levar Bigode e Barriga a acreditarem que os fichários continham revelações importantes. Com isso, eles esperavam que os homens gastassem alguns minutos procurando por eles e examinando-os. Quando se dessem conta de que era um engodo, Antônio e Michael já estariam longe.

Eles não esperaram para ver se o plano dera certo e saíram para a varanda. Ao descerem a escada, ouviram vozes na calçada. Vozes masculinas. Diminuíram os passos e esconderam-se nos fundos da casa. Uma viatura da polícia acabara de estacionar a poucos metros da casa e dois policiais conversavam com três ou quatro pessoas, provavelmente moradores da área.

— Os vizinhos devem ter ouvido a confusão e chamaram a polícia — comentou Michael.

— Significa que estamos salvos?

— Não. Significa que estamos ainda mais encrencados. A polícia vai querer saber por que entramos na casa.

Invasão de domicílio é crime. O chaveiro saberá o que aconteceu pela imprensa e vai se apresentar para depor. E ainda temos aqueles dois atrás da gente. Precisamos cair fora daqui mais do que nunca!

CAPÍTULO 16

A ROTA DE FUGA MAIS FÁCIL ERA CORRER PELA Avenida Yates e ser visto pelos policiais e pelos vizinhos, que, aos poucos, se aglomeravam junto à viatura. Antônio e Michael dificilmente escapariam. Seria, além de tudo, uma exposição desnecessária, já que, até segunda ordem, a polícia não sabia da existência deles. Se entrassem na casa, os policiais encontrariam apenas os dois bandidos.

Para sair dali sem ser vistos, Antônio e Michael só tinham uma alternativa: cortar caminho por um dos terrenos à volta. As casas vizinhas de um lado e do outro, também na Avenida Yates, estavam fora de cogitação, pois ficavam no campo de visão dos policiais. A única opção segura seria pular a mureta baixa que separava o terreno de Fiona do jardim da casa de trás, voltada para a rua seguinte, paralela à Yates.

Procurando fazer o mínimo de barulho possível, Antônio e Michael caminharam lentamente para os fundos do terreno, olhando para todos os lados a fim de detectar algum rosto enxerido observando-os. A mureta era baixa, devia ter cerca de um metro de altura e os dois transpuseram-na rapidamente, sem se preocupar se algum cachorro os aguardava do outro lado. Passaram por um minúsculo jardim gramado, rodeado por flores de várias cores, plantadas em canteiros muito bem cuidados, e continuaram por uma área estreita, cimentada, paralela a um dos lados da casa, que servia como estacionamento para um carro e algumas bicicletas. As portas e janelas estavam abertas e havia movimentação dentro da casa. Crianças brincavam e uma televisão ligada exibia uma programação infantil qualquer, ignorando o noticiário sobre os atentados.

Antônio e Michael agacharam-se atrás do carro e avançaram devagar. Não queriam ser vistos por ninguém, nem por crianças, pois a polícia faria perguntas nas redondezas e alguém, com certeza, se lembraria dos "dois garotos fugindo".

Uma distância de cerca de trinta metros separava a mureta da rua. Quando os dois estavam acabando de passar pelo carro e preparavam-se para chegar à calçada, uma bola enorme e colorida caiu diante deles. O susto foi tão grande que os dois chegaram a ficar tontos.

Ouviram uma voz de menina:

— Eu pego! Eu pego!

A bola estava bem em frente a Michael. Quando a menina fosse pegá-la, eles seriam vistos.

— Chuta — murmurou Antônio.

— Para onde?

— Para qualquer lugar.

A menina, aparentemente, estava procurando a bola na frente da casa. Michael apanhou a bola com as mãos e arremessou-a, de maneira que a bola quicou na cerca branca em frente ao terreno e voltou, caindo exatamente atrás da menina, que ficou parada sem entender nada.

— Quem fez isso?

Antônio e Michael gelaram. Michael fulminou Antônio com uma cara de "viu, só?".

De repente um grupo de umas cinco crianças saiu da casa, gritando:

— Vem logo, vem logo!

— Quem jogou a bola? — a menina perguntou.

Um menino de voz rouca, que devia ter a mesma idade que ela, respondeu:

— Foi você que mandou ela para fora da casa, já esqueceu? Então é a minha vez de jogar. Vamos voltar agora!

— Eu perguntei quem jogou a bola, agora, em cima de mim.

Houve um silêncio momentâneo, quebrado pelo aumento das vozes adultas no terreno de Fiona. A polícia parecia estar cercando a casa. Eles precisavam sair dali.

— Ela está inventando isso para ficar com a jogada — um segundo menino protestou. — Não vale.

— Vamos voltar para a sala — disse o menino de voz rouca. — Mamãe mandou a gente ficar dentro de casa.

— Mas... — a menina tentou argumentar.

— E a jogada agora é minha — completou o garoto. — Vamos logo.

Agarrada à bola, a menina obedeceu, com a cara amarrada. Depois que as crianças tornaram a entrar na casa, Antônio e Michael ainda esperaram uns dez segundos para ter certeza de que não havia mesmo mais ninguém no terreno e, devagar, saíram de trás do carro e completaram o pedaço que faltava até a calçada. Assim como na casa de Fiona e nas vizinhas, não havia nenhum muro ou portão protegendo o terreno da rua.

Eles nem bem tinham posto os pés na calçada, quando ouviram a voz da menina, que começou a gritar, a postos numa das janelas do térreo.

— Eu sabia! Eu sabia! Dois garotos estavam escondidos atrás do carro. Foram eles que jogaram a bola. Olha lá!

Felizmente só ela estava na janela. As outras crianças deviam estar lá dentro, ocupadas com a bola. Antônio e Michael começaram a correr.

Bob e o engravatado misterioso terminaram o café sem que Barba Negra tivesse conseguido escutar um pedacinho que fosse da conversa.

Então, ao saírem da Carnegie Deli, Barba Negra optou por descobrir quem era aquele sujeito.

Bob despediu-se do homem na calçada e dirigiu-se à Rua 55, onde estacionara seu carro. O engravatado, por sua vez, continuou a pé, entrando num prédio na esquina da Broadway com a Rua 54, situado a menos de dois quarteirões da Carnegie Deli. Um prédio comercial. *Será que ele trabalha ali?*

Barba Negra apertou seu crucifixo por baixo da camisa, em busca de algo como uma orientação divina.

Precisava descobrir quem era aquele homem e, principalmente, por que se encontrara com o maldito Bob.

Barba Negra entrou no prédio a tempo de ver o homem tomar um elevador. Uma moça de tailleur aproximou-se dele e pediu, com a voz educada, porém fria:

— Sua identificação, por favor...

Barba Negra virou-se para mirá-la interrogativamente.

— Identificação?

— Para visitar os andares, o senhor precisa se identificar aqui na recepção.

Barba Negra não soube o que responder. Fora pego de surpresa.

— Tenho a impressão que entrei no prédio errado. Me desculpe.

E voltou à calçada. O expediente se aproximava do fim. O jeito seria esperar o homem deixar o prédio, que não tinha garagem interna. Ou seja: ele teria de sair a pé para voltar para casa e, então, Barba Negra o interceptaria. Enquanto isso, trataria de levantar o máximo possível de informações sobre o edifício: que empresas estavam instaladas ali, nomes dos proprietários etc. Sentou-se num café do outro lado da rua, pediu um *cappuccino* e fez uma chamada pelo celular. Era hora de acionar o "Agente K".

CAPÍTULO 17

A CORRIDA FOI DESESPERADA. ERA POSSÍVEL QUE tivesse atraído a atenção de alguém na vizinhança, mas Antônio e Michael preferiram não pensar nisso e se concentrar em sumir dali antes que surgisse um exército de pessoas atrás deles.

O objetivo era voltar para Manhattan, e Michael teria tomado um táxi com o maior prazer, se ele não tivesse gastado quase todo o dinheiro que havia levado, a maior parte com o chaveiro. O jeito era fazer o percurso de volta à estação da Estrada Fordham e lá tomar o metrô até a estação da Avenida Lexington. Para isso, era preciso, antes de tudo, retornar à grande esplanada arborizada em mão dupla onde haviam descido ao vir do prédio de Norberto Amato. O Bx12 que os trouxera, provavelmente, os levaria no sentido contrário.

Os dois terminaram de descer a Avenida Hering, dobraram à esquerda numa transversal cujo nome não conseguiram ver e, imediatamente depois, numa ampla avenida que riscava o bairro na diagonal – uma versão mais larga da Avenida Yates. Havia poucas pessoas nas calçadas. Todas abriam voluntariamente caminho para os dois passarem e apenas duas delas se apavoraram com a corrida e ficaram olhando estarrecidas por trás dos meninos, tentando localizar o motivo da fuga. Um quarteirão adiante, a avenida se alargou em duas pistas e eles perceberam que estavam próximos. Olharam para trás e viram que ninguém os seguia. Aliviados, completaram o quarteirão e se viram na esquina com a tal esplanada, que reconheceram de imediato. Uma placa dizia: Pelham Parkway. Era o nome dela.

Reduziram o passo enquanto caminhavam até o semáforo mais próximo e recuperavam o fôlego. Uma senhora aguardava o momento de atravessar e Michael perguntou, tentando parecer o mais calmo e simpático possível, onde eles poderiam tomar o Bx12 até a Estação Fordham.

O suor que cobria o rosto dos dois, contudo, os denunciava e a senhora avaliou-os demoradamente, antes de apontar para a pista central da esplanada, onde havia uma parada. Michael e Antônio agradeceram, atravessaram a pista e conseguiram chegar lá no momento em que o ônibus estacionava. Entraram, pagaram as passagens e se sentaram no fundo. Quando o ônibus arrancou, Michael e Antônio olharam pela janela. Aparentemente, não estavam sendo caçados pelas ruas do Bronx. Ainda.

Só alguns instantes depois, quando o ônibus começara a cruzar o parque do Bronx, Antônio e Michael, já refeitos da corrida, tornaram a trocar palavras:

— Precisamos comer alguma coisa — Michael disse. — Só agora percebi que não almoçamos.

— Por que não damos uma olhada no CD, primeiro?

Michael olhou confuso para Antônio.

— CD?

— O CD da Enya que encontramos no sótão da Fiona.

— Ah, tá. Bem... podemos fazer isso lá em casa.

— Não, Michael. Nesse CD pode estar a localização do meu pai. Não podemos ir para a sua casa agora. Temos que continuar investigando.

— Vamos continuar, só que amanhã. Está ficando tarde e eu já estou cansado.

— Não vai dar. Aqueles caras que apareceram na casa da Fiona, com certeza, estão envolvidos com o sumiço do meu pai ou com os tais "problemas" que estavam acontecendo na empresa. Eles devem trabalhar para o tal do Bispo. Eles sabem que estamos investigando e vão tentar nos impedir. Mas se agirmos logo eles não terão tempo de planejar, de fazer nada...

Michael se convenceu:

— Tudo bem, tudo bem... O que você sugere?

— Antes de mais nada, precisamos ver o que tem neste CD. Se é que ele realmente tem alguma informação que interesse. Onde é que a gente encontra uma *lan house*?

— Por que não usamos o computador lá de casa?

— Porque talvez a nossa investigação continue aqui no Bronx. Não podemos voltar para Manhattan agora.

Ainda era dia claro. O ônibus atravessou o parque do Bronx e seguiu pela Estrada Fordham. Passaram rapidamente pela esquina da rua de Fiona Rogers e, pouco mais de um quilômetro adiante, desceram no entorno da estação Fordham. Já na calçada varreram cuidadosamente a área ao redor com os olhos, sem detectar a presença de ninguém suspeito. Tudo parecia em ordem, do pouco que conheciam do lugar.

Foram encontrar uma *lan house* na própria Estrada Fordham, só que do outro lado da estação. Descobriram, de quebra, que a estação dividia a estrada em leste e oeste. Da estação em direção à rua de Fiona e ao parque do Bronx, era a Estrada Fordham Leste. Da estação para o sentido oposto, era a Oeste.

Vários garotos, de frente para as fileiras de monitores, se concentravam em jogos barulhentos, produzindo um ruído irritante no ambiente. Michael pagou um dólar ao rapaz do balcão por uma hora num dos computadores mais afastados da porta. Quando ele e Michael começavam a se afastar, algo lhes chamou a atenção. Uma imagem familiar na televisão ligada sobre o balcão.

Um repórter falava ao microfone numa esquina. Mas não era qualquer esquina. Antônio e Michael surpreenderam-se ao ver o prédio de Fiona Rogers atrás dele. Uma foto quatro por quatro de Fiona surgiu na tela, enquanto a voz do repórter continuava narrando alguma coisa. Rápidas cenas de policiais e de uma ambulância no local se sucederam, antes de a imagem do repórter tornar a aparecer.

Michael perguntou ao funcionário da *lan house*:

— O que aconteceu?

O funcionário olhou de relance para a TV, sem parecer dar muita importância.

— Uma mulher foi assassinada aqui no Bronx. Parece que hoje na hora do almoço.

A cor sumiu dos rostos de Antônio e Michael. *Fiona estava morta...*

— E a TV transmite isso como se fosse uma notícia de impacto — completou o rapaz. — Como se a morte dessa coitada tivesse alguma importância depois do que aconteceu ontem nas Torres Gêmeas.

— Já se sabe quem é o assassino?

O rapaz deu de ombros.

— A polícia está investigando, mas... quem se importa? Morreram milhares ontem nas torres.

Antônio e Michael estavam quase em estado de choque. A morte de Fiona mostrava que a coisa era mesmo muito séria. Os homens que foram à casa dela eram os assassinos. Eles podiam ter sido mortos também.

— Acho que nós nos metemos numa fria... — disse Antônio, puxando uma cadeira e sentando-se com Michael em frente ao computador. Assim que se conectou, Michael entrou no site da CNN. Havia detalhes do crime. Um vizinho ouviu dois tiros sendo disparados no final da manhã e chamou a polícia imediatamente. Quando os policiais chegaram, encontraram-na morta no chão da sala. O apartamento havia sido revirado. Ninguém vira os assassinos.

— Não adianta voltar para casa e fingir que não está acontecendo nada — comentou Michael. — Esses caras não vão sossegar enquanto não encontrarem o que estão procurando.

— Talvez eles saibam onde está meu pai. Ou então: talvez eles possam, de alguma maneira, nos levar até ele.

— Não sei. Mas que existe alguma conexão entre esses caras e o sumiço do seu pai, isso existe.

Antônio retirou o CD da Enya da cintura e o abriu.

— Vamos colocar a Enya para tocar. E descobrir se aqui tem mesmo alguma coisa interessante gravada.

Inseriram o CD no computador e, com expectativa, esperaram-no rodar.

CAPÍTULO 18

Às 18 horas em ponto, o "amigo" engravatado de Bob Martinez deixou a portaria do edifício da Broadway, exatamente como Barba Negra previra. Sentado no banco traseiro de um Mercury Sable sedan, ele estalou os dedos, atraindo a atenção do comparsa grisalho sentado ao volante, para o qual ligara mais cedo. O comparsa, a quem Barba Negra chamava de "Agente K", olhou pelo retrovisor.

— Traga-o sem chamar a atenção — Barba Negra disse. — Faça como combinamos.

O Agente K desceu e avançou calmamente na direção do alvo, que caminhava despreocupado, talvez, para alguma estação do metrô. Na esquina da 54, ficaram lado a lado e o Agente K sussurrou ao ouvido do homem:

— Bob Martinez está esperando num carro ali atrás. Disse que precisa falar urgente com você.

O homem virou-se surpreso para ele:

— Quem é você?

O outro apenas sinalizou com a cabeça.

— Venha comigo.

E foi na frente. Ressabiado, o jovem engravatado foi atrás. O Agente K abriu a porta traseira para ele entrar e fechou-a em seguida.

O jovem arregalou os olhos espantado ao topar com Barba Negra. Não havia sinal de Bob. É claro que era uma armadilha. Ele tentou abrir a porta, mas estava trancada.

O Agente K assumiu seu lugar na direção e Barba Negra disse:

— Vamos dar um passeio.

O carro arrancou suavemente. Ao lado de Barba Negra, o rapaz de gravata, agoniado, ainda tentou abrir a porta outras vezes, sem sucesso.

— Eu sou um homem muito objetivo e, por isso, vou direto ao ponto — disse Barba Negra. — Que tipo de amizade você tem com Bob Martinez, o "crápula"?

O rapaz continuava assustado, mas se recompôs.

— Por que você quer saber disso?

— Quem faz as perguntas aqui sou eu. Você as responde.

O rapaz engoliu em seco.

— O sr. Robert Martinez não é meu amigo. Eu estou vendo um imóvel novo para ele.

— Não diga... Bob vai se mudar?

— A empresa em que ele trabalhava ficava no World Trade Center. Ele me contratou para conseguir um novo endereço. Trabalho numa corretora de imóveis.

Barba Negra viu quando ele puxou uma carteira de dentro do paletó e, dela, retirou um cartão de visitas, onde se lia:

Jeffrey B. Cornwell
ADMIRAL PROPRIETAS
1704 Broadway – 4th floor
New York, NY 10019

Barba Negra examinou o cartão em silêncio. Angustiado, o rapaz emendou:

— Admiral Proprietas é o nome da corretora de imóveis.

— Esse Jeffrey B. Cornwell é você?

O rapaz engoliu em seco.

— Sim.

— E está querendo me dizer que a conversa que você e Bob tiveram essa tarde na Carnegie Deli foi para falar do novo escritório da firma onde ele trabalha?

— Exatamente.

Barba Negra mirou-o longamente.

— Por que será que eu não acredito em você?

Cornwell ficou tenso.

— Estou falando a verdade.

— E você já descobriu que lugar será esse?

— Tenho algumas opções. Falei delas com o sr. Martinez hoje. Marcamos de nos encontrar amanhã novamente para eu lhe mostrar fotos e descrições detalhadas.

Barba Negra estendeu o cartão ao Agente K.

— Fique à vontade para checar essas informações e descobrir se esse rapaz está dizendo a verdade. — Virou-se para Cornwell. — Até termos a certeza de que você não é um mentiroso como Bob Martinez e nem vai contar a ele sobre essa nossa conversa, você será meu hóspede. É casado?

Cornwell fez que sim com a cabeça.

— Tem telefone celular? Ora, que pergunta. Todo mundo hoje em dia tem um celular. Faça o seguinte: ligue para a sua mulher e diga que você teve de fazer uma viagem de emergência e que logo dará notícias.

— Você... está me sequestrando?

— Não. Estou convidando-o para passar uma noite em minha casa, como um amigo. Não posso permitir que Bob saiba dessa nossa conversa. É claro que você vai falar a ele e isso será péssimo.

Cornwell juntou as mãos como se fosse fazer uma prece e olhou para a cruz de prata que pendia do cordão em torno do pescoço de Barba Negra.

— Eu juro ao senhor que não falarei nada. Me deixe ir para casa.

— Não posso correr riscos. Não agora. O que está em jogo é muito importante. Bob era meu amigo, mas resolveu bancar o esperto e me trair. Chegou a hora do crápula pagar a conta. Se eu fosse você, não confiaria nele.

O CD terminou de rodar e abriu uma janela na tela, fazendo aparecer um único ícone. Um simples documento de texto, intitulado "Dead Box".

— "Dead Box"... Uma "Caixa Morta"? — resmungou Antônio. — Você sabe o que é isso?

— Eu ia perguntar a mesma coisa para você — respondeu Michael. Ele deu dois cliques no arquivo. Este se abriu e as dúvidas dos dois aumentaram ainda mais.

Havia apenas a transcrição do que parecia ser o cabeçalho de um e-mail, onde se lia:

To: ssx@pppxxxxx
Subject: FW: One Thousand Third Seventh Last Stall
From: nnx@yyyxxxxx
Date: Wed, Aug 8 2001 13:00:00 -0400 (EDT)
>
>>

A data era 8 de agosto de 2001, às 13 horas, isto é: mais de um mês atrás. O EDT era a sigla de "Eastern Daylight Time", que correspondia ao fuso horário oficial da Costa Leste da América do Norte, onde ficava Nova York.

— Não foi o dia que seu pai desapareceu?

Antônio franziu a testa, esforçando-se para lembrar a data certa.

— Foi. Ele veio para Nova York numa segunda-feira. Dia 6 ou 7 de agosto, não me lembro direito. Minhas férias de julho tinham terminado naquele fim de semana.

Mas o que chamou mesmo a atenção de Antônio e Michael foi o texto no campo "Subject" (Assunto):

Subject: FW: One Thousand Third Seventh Last Stall

— O que será isso? — indagou Antônio. — Mil Terceiro Sétimo Último...

— Estábulo — completou Michael. — Nunca vi uma frase mais estranha na minha vida. Parece um enigma. "Mil Terceiro Sétimo Último Estábulo".

"FW", por sua vez, era a abreviação de "forward" — "encaminhar", em inglês. Costumava ser adicionado automaticamente ao assunto das mensagens de correio eletrônico, sempre que estas eram encaminhadas a outros destinatários. Isso queria dizer o quê? Que a frase se referia a algum e-mail que havia sido enviado ou encaminhado? Mas a quem e falando do quê?

— Parece um código — comentou Antônio. — Norberto deve ter feito isso para ninguém que se apoderasse desse CD descobrir o que ele tinha escrito.

— Talvez ele tenha falado desses arquivos com seu pai, que decidiu, então, vir para cá. Norberto então gravou os dados no CD para entregar a ele. Treze horas deve ser o horário que eles marcaram para almoçar.

— Aí alguém ficou sabendo e apagou o Norberto antes que ele dissesse qualquer coisa. — Antônio fez uma pausa breve e completou, num suspiro desanimado: — Tomara que não tenham apagado o meu pai, também.

Michael deu um tapinha camarada nas costas dele.

— Minha mãe sempre diz que as más notícias chegam logo. Se seu pai tivesse sido morto, nós já estaríamos sabendo.

Antônio fitava a tela, com o olhar perdido.

— Onde será que ele está? Por que não dá notícias há um mês?

— Ele deve ter seus motivos...

— Nem um e-mail? Ele podia, ao menos, ter mandado um e-mail só para dizer: "Oi, família. Estou bem. Fiquem tranquilos. Volto quando der." Se ele tivesse feito isso, nós não teríamos vindo. E minha mãe não teria morrido naquela torre ontem.

— Você tem o e-mail dele?

— Claro.

— Por que não escreve para ele?

— Acha que já não fiz isso? As mensagens todas voltaram. Talvez a caixa postal esteja cheia ou algo assim. Na verdade, meu pai não é muito fã de tecnologia. Acho que a coisa mais moderna que ele sabe operar é um tocador de CD. Lá em casa, o único que mexe com computador sou eu. No escritório do meu pai, é uma secretária.

— Vai ver é isso, então. Se ele não lida com computador, talvez a ideia do e-mail nem tenha lhe passado pela cabeça. Ou, se passou, ele não sabe como mexer. E por estar escondido, não quer pedir a ninguém para fazer isso por ele, por medo de ser descoberto.

— Mas ser descoberto por quem? Meu pai não é um criminoso...

— Se ele sumiu no dia em que Norberto foi morto, é porque viu que estava correndo perigo. Os mesmos caras que mataram Fiona podem estar atrás dele.

Antônio refletiu um instante e seus olhos tornaram-se subitamente foscos.

— Por que será que aqueles homens mataram Fiona justamente hoje? E depois que nós saímos de lá? Você já parou para pensar na coincidência?

Michael compreendeu aonde ele queria chegar.

— Você acha que eles... nos seguiram desde Manhattan?

Antônio apenas assentiu com a cabeça.

— Mas por que eles fariam isso? — continuou Michael. — Eles deviam saber onde Norberto morava. Não foi por nossa causa que eles descobriram o apartamento...

— Talvez eles tenham ido atrás de nós sem saber para onde estávamos indo. Nós demos sorte de encontrar Fiona lá. Ela disse que nunca ia àquele apartamento. Norberto era discreto, pelo que ela falou... Os caras talvez não soubessem que ela o ajudava no trabalho.

— Então... — a ideia assustava Michael — Fiona foi morta... graças a nós...

Antônio gelou por dentro.

— Lembra-se do aviso que Fiona nos deu? Para não nos envolvermos nessa história? Fizemos mal ao não darmos ouvidos a ela...

— Nós nos envolvemos na história, assim que entramos naquele prédio. Agora, temos que ir até o fim.

Voltaram os olhos, novamente, para o computador, para a misteriosa e solitária frase no campo assunto daquele suposto cabeçalho de e-mail.

Ao tentar decifrá-la mentalmente, Antônio sentiu um arrepio, seguido de uma crescente excitação.

Bingo!

Como não haviam percebido antes? Estava bem óbvio, saltando diante dos seus olhos. Agora não havia dúvidas de que aquela frase realmente tinha a ver com o seu pai.

Sussurrou lentamente ao amigo:

— Michael, leia a frase com atenção.

Michael aproximou-se da tela e examinou-a com atenção.

Subject: FW: One Thousand Third Seventh Last Stall

— Você não vê? — perguntou Antônio. — O "FW" não se refere a uma mensagem de e-mail encaminhada. São as iniciais do nome de meu pai: "Farid Wassouf".

CAPÍTULO 19

Quando o relógio marcou 18 horas, sem nenhuma notícia dos meninos, Rachel começou a ficar nervosa de verdade.

Ela subiu ao quarto de Michael e passou os olhos pela cama e pela escrivaninha do filho. A bagunça de sempre imperava. Sem nada encontrar, passou ao quarto de hóspedes, onde estava Antônio, mas o menino chegara praticamente só com a roupa do corpo. Michael não possuía celular. Ela e Yaakov haviam concordado que ele ainda não tinha idade nem temperamento para usar um. Pela primeira vez lamentara ter tomado uma decisão tão radical.

Precisava pensar no que fazer.

Lá embaixo, na sala de jantar, Edwina e o Dr. Donald continuavam digitando freneticamente nos seus laptops e, eventualmente, falando nos seus celulares. Rachel estava praticamente sozinha nos andares superiores da casa e mortificada por uma dúvida:

Ligava ou não ligava para pedir ajuda?

Seria perda de tempo, concluiu, enfim. Além de um grande risco, que poderia se revelar desnecessário. E poria tudo a perder, justamente no momento em que tudo parecia estar dando certo.

Aflita, ela entrou no escritório de Yaakov e passou vários minutos perdida, apreciando as estantes com livros, sem prestar atenção. Só pensava nos meninos. O que teria acontecido?

Estava tão absorvida nos próprios temores que não sentiu a porta se abrindo atrás de si. Uma mão veio por trás e tocou-lhe o ombro. Assustada, Rachel teve um sobressalto e recuou. Mas logo tranquilizou-se ao ver que era Edwina.

— Desculpe. Eu a assustei?

Rachel sorriu.

— Tudo bem. Eu estava distraída. — Ela se recompôs e tentou disfarçar seu estado de espírito, tocando num outro assunto qualquer. — Bob deu notícias? Ele esteve com o tal corretor?

— Esteve. O corretor ficou de dar notícias amanhã. Parece que já selecionou algumas salas comerciais e Bob quer visitá-las.

— Que bom.

Rachel deu a volta na escrivaninha e sentou-se na cadeira que Yaakov usou por tantos anos quando trabalhava em casa.

— Você está preocupada com Michael, não é? — Edwina perguntou.

Rachel concordou com a cabeça.

— E com Antônio. Eles saíram cedo e não voltaram até agora. Michael me disse que eles iriam dar uma volta aqui por perto, mas pelo visto ele mentiu. Não gosto da ideia deles soltos por aí com a cidade do jeito que está.

— Já pensou em mandar alguém atrás deles?

— Numa cidade desse tamanho? Só Deus para saber onde estão.

— Por que não fala com a polícia?

— Com milhares de corpos sob os escombros do World Trade Center e o risco iminente de um novo ataque, ela tem mais o que fazer do que ir atrás de dois garotos que saíram para um passeio.

— Michael não te disse se iria a algum lugar em especial? Uma lanchonete, um cinema...?

Não, não disse, pensou Rachel. E, de repente, ela olhou para a escrivaninha, onde a agenda telefônica de Yaakov estava aberta na letra "A". O nome de Norberto Amato parecia saltar da página.

Michael era um bagunceiro nato. Nunca fechava a porta do armário e era preciso brigar com ele para que arrumasse a cama e pendurasse a toalha de banho na secadora.

Ele consultara a agenda e se esquecera de fechar.

Rachel lembrou-se de ter falado de Norberto Amato para Antônio. O detetive com quem o pai dele iria se encontrar no dia em que desapareceu.

Aqueles dois só podiam ter ido para lá.

Rachel ergueu os olhos e fitou Edwina, que, pelo visto, lera os seus pensamentos. Ela parecia igualmente preocupada.

— Aconteceu uma coisa muito desagradável esta tarde — disse Edwina. — Acabo de saber. Uma mulher foi assassinada. No apartamento de Norberto Amato.

O rosto de Rachel assumiu uma palidez excessiva.

— Uma mulher assassinada no apartamento daquele detetive? — ela perguntou, perplexa. — Jura que foi hoje?

Edwina assentiu.

— Chamava-se Fiona Rogers. Quando ouvi a notícia pela TV, o nome me pareceu familiar. Consultei nossa lista de funcionários. Ela trabalhava para a Wazimed. No nosso depósito em Newark.

Aquilo não estava nos planos. Rachel cruzou as mãos diante do rosto, apavorada, e percebeu que havia cometido um grande erro. Yaakov sempre lhe dissera para não subestimar as pessoas.

E o pior de tudo era saber que seu filho estava no meio daquilo tudo. Ela precisava trazê-lo de volta para casa. Antes que o grande momento chegasse.

FW = Farid Wassouf

Michael estava igualmente surpreso e extasiado com a descoberta.

— Essa frase só pode ser um código com o endereço do seu pai ou alguma coisa muito importante em relação a ele.

Colocaram, novamente, a cabeça para trabalhar. Os ponteiros voavam. Cada minuto transcorrido significava um risco maior de serem capturados pelos capangas do Bispo. Precisavam decifrar a mensagem rápido, agora que não restavam mais dúvidas que havia mesmo alguma conexão entre ela e Farid.

FW: One Thousand Third Seventh Last Stall

Eles criaram outro arquivo de texto na tela e converteram os numerais por extenso em algarismo. Primeiro tentaram uma versão literal "1000 3 7 Último Estábulo". Em seguida tentaram todas as combinações possíveis entre os números: "1037", "1370", "100037" "1010" (resultado da soma dos números "1000", "3" e "7"; "73000" com os números postos na ordem contrária) e mais algumas. Acessaram serviços de busca na internet como o Yahoo! e o AltaVista, e digitaram no campo de pesquisa todos os números, acrescidos da palavra "estábulo" em inglês e português, sem resultados animadores.

 Repetiram a busca, desta vez colocando a enigmática mensagem completa no modo de pesquisa avançada do AltaVista: "One Thousand Third Seventh Last Stall" e diminuindo-a, em seguida, só com os numerais, excluindo o "Last Stall". Mais uma vez, a busca não retornou resultados significativos. Retiraram o "Seventh", deixando a frase mais curta: "One Thousand Third". Nada. Estavam quase desistindo, quando Antônio, numa derradeira tentativa, converteu literalmente a última pesquisa em números equivalentes: "1000 3rd" — até então eles não haviam digitado nenhum número ordinal. E pela primeira vez apareceu, na tela, uma resposta que parecia dizer alguma coisa. Um endereço:

"**1000 3rd** Ave., New York, NY 10022"

"Ave." era a abreviação de "Avenue".

Com o coração aos pulos, clicaram no link e descobriram que "1000 3rd Avenue" ou "Terceira Avenida, Nº 1000" era o endereço da Bloomingdale's, uma das mais famosas lojas de departamentos de Manhattan. Michael já estivera lá algumas (várias) vezes, a maior parte delas com a mãe. Se aquela frase se referia à Bloomingdale's, "Seventh" provavelmente indicava o sétimo andar da loja, que, ao todo, possuía uns dez andares.

— A Bloomingdale's é uma loja enorme, muito elegante — comentou Michael. — Passamos por ela quando viemos para cá. Fica bem ao lado daquela estação de metrô que nós tomamos para vir ao Bronx.

— A da Avenida Lexington? Mas aqui diz que a loja fica na Terceira Avenida...

— É que a Bloomingdale's ocupa todo um quarteirão e tem entradas pelas duas avenidas, que são paralelas.

Antônio entendeu.

— Mas isso não explica a parte final da mensagem: "Último Estábulo". Você disse que a loja de departamentos é elegante. Se é elegante, não deveria ter um estábulo. A menos que venda cavalos puro-sangue...

— Também não entendi essa parte. Acho que a gente vai ter que ir lá para ver.

— Será que já fechou?

— Ela fecha normalmente por volta das oito da noite. Meu medo é que hoje ela nem tenha aberto por causa dos atentados de ontem. Tantas lojas amanheceram fechadas...

— Certo. — Antônio voltou a esquadrinhar o arquivo. — Deixe-me ver se entendi tudo direito. Nós temos que procurar uma caixa morta no último estábulo do sétimo andar da loja Bloomingdale's. É isso?

Estavam tão concentrados no conteúdo do arquivo que haviam esquecido temporariamente do seu título: "Dead Box" ("Caixa Morta").

Não sabiam o que era mais complicado de decifrar: se "Último Estábulo" ou "Caixa Morta".

O tempo acertado para o uso do computador estava se esgotando. Faltavam poucos minutos. E, com efeito, nada havia mais que pudessem fazer ali. Eles fecharam a janela do CD e o retiraram do aparelho, guardando-o novamente no estojo do disco de Enya.

Foi quando, num último lance, Michael tornou a entrar no módulo de buscas do Yahoo! e digitou, entre aspas, "dead box". O site retornou algumas respostas. Uma delas era um site na Inglaterra que falava sobre a história da espionagem e mencionava um livro chamado *The International Dictionary of Intelligence* (*Dicionário Internacional de Inteligência*), publicado na década anterior.

De acordo com o dicionário, "Caixa Morta" era uma expressão usada pelos espiões para designar um local secreto de comunicação entre um agente e um mensageiro. Um local que poderia, também, funcionar como um depósito neutro para a troca insuspeita de documentos e objetos.

Antônio parabenizou Michael com um aperto de mão.

— As respostas estão vindo mais depressa do que a gente imaginava — ele disse. — Quem sabe meu pai usava essa "Caixa Morta" para trocar documentos com Norberto? Será que tem alguma coisa guardada nela?

— Vamos voltar para Manhattan — disse Michael, levantando-se. — Se nos apressarmos, pegaremos a Bloomingdale's aberta e descobriremos o "Último Estábulo".

Ao irem embora, deixaram o CD para trás. Não precisavam mais dele.

CAPÍTULO 20

DEPOIS DE TRANCAR JEFFREY B. CORNWELL numa confortável suíte entupida de comida e bebida no apartamento cedido pelo Agente K, Barba Negra preparou um café forte e sentou-se na sala diante da TV. Estava ciente da besteira que fizera. Cornwell estava dizendo a verdade. Ele era mesmo corretor e, de fato, Bob Martinez estava procurando um escritório novo para a Wazimed.

O que estava dando errado?

Bob era o grande traidor. Barba Negra sabia disso. Mas nos últimos dias estava se comportando bem demais. Nenhuma reunião secreta em sua casa, nenhuma figura suspeita entrando ou saindo de lá altas horas. Talvez, depois da morte de Norberto Amato, ele estivesse se precavendo, ciente de que os riscos haviam se tornado maiores.

Mas havia qualquer coisa que não se encaixava. A intuição de Barba Negra era forte, quase infalível. Ele não estava tranquilo. Nas últimas horas, uma peça se soltara do quebra-cabeça que ele pensava estar completo.

Restava muito pouco tempo...

Com a caneca de café numa mão e o controle remoto na outra, Barba Negra foi mudando os canais distraidamente, até que a imagem de um rosto lhe chamou a atenção e ele precisou voltar dois ou três canais para sintonizar no programa em que ele aparecia.

Um rosto familiar, seguido de um nome: Fiona Rogers. E ela havia sido assassinada.

Barba Negra fitou a tela horrorizado. Deus, como isso pudera acontecer? Ainda hoje, pela manhã, se comunicara com ela. A morte acontecera há poucas horas, no começo da tarde, no apartamento da Rua Hoffman.

Barba Negra levantou-se e ficou andando pela sala, desnorteado. Isso era terrível, terrível... O assassinato de Fiona Rogers naquele apartamento significava que a estratégia que eles haviam montado com tanto cuidado estava indo por água abaixo.

Talvez isso explicasse a aparente tranquilidade de Bob e a ausência de movimentação em sua casa. Talvez não.

Provavelmente, os assassinos de Fiona a torturaram e interrogaram antes de matá-la. Ela pode ter revelado coisas. O tempo voava. Barba Negra precisava agir.

Ouviu seu celular tocar. Um número estranho apareceu no identificador de chamadas. Ele pressentiu que era algo sério e, contrariando seu hábito de não aceitar chamadas de telefones desconhecidos, atendeu, ouvindo a voz assustada e conhecida de um rapaz:

— Ainda bem que consegui falar com você. A barra hoje pesou demais e estou saindo fora. Acabei de te passar um comunicado. Não tenho mais nada comigo. Até nunca mais!

"Passar um comunicado". Era uma senha. Barba Negra sabia aonde deveria ir.

De todo modo, mandou uma mensagem ao Agente K. Barba Negra sentia que o grande momento estava se aproximando. Os homens destacados pelo Agente K para a operação deveriam estar preparados para agir talvez ainda naquela noite.

Antônio e Michael deixaram a estação de metrô da esquina da Avenida Lexington com a Rua 59 — a mesma que tomaram para ir ao Bronx mais cedo — e depararam com a correria elegante do centro de Manhattan. O lugar não estava cheio como de hábito. Diversos policiais armados circulavam por toda parte. A cidade permanecia em alerta.

Avistaram o edifício da Bloomingdale's do outro lado da rua e atravessaram. Na esquina, uma senhora gorducha, com uma cartola estilo Tio Sam, distribuía bandeirinhas dos Estados Unidos dizendo: "Salve a América! Este é um grande país." Uma onda de patriotismo estava se espalhando pela cidade traumatizada e humilhada pelos ataques de ontem.

— Por que vocês, norte-americanos, se referem aos Estados Unidos como a "América"? — Antônio perguntou a Michael, após apanhar a bandeirinha que a senhora praticamente o obrigou a levar.

Michael deu de ombros.

— Sei lá. Nunca pensei muito nisso.

— "América" é todo o continente. Não seria como se os franceses chamassem a França de a "Europa"?

Michael refletiu um pouco.

— É meio estranho mesmo — disse, afinal, sem dar importância. — Acho que você tem razão.

Eles entraram na Bloomingdale's por um dos acessos da Avenida Lexington. Foi como imergir num mundo mágico de luzes, riqueza e sofisticação. Um leve vozerio espalhava-se por toda parte. O ambiente era amplo e perfumado graças aos vários quiosques de marcas famosas que vendiam cosméticos, perfumes e acessórios caros. O piso de mármore preto e branco à maneira de um tabuleiro de xadrez reluzia de tão lustroso. Tudo parecia brilhar.

Como iam para o sétimo andar e estavam com um pouco de pressa, optaram pelo elevador, evitando, assim, a sucessão de escadas rolantes. Entraram sozinhos e pressionaram o "7". A porta de aço se fechou e começaram a subir.

Acima da porta, uma sequência de painéis lado a lado indicava o que havia em cada andar. No sétimo ficava a seção de itens para o lar (artigos de cama, mesa e banho), além de toaletes masculino e feminino e de um restaurante.

— Artigos para o lar? — perguntou Michael. — Isso incluiria... um estábulo?

— Será que seguimos a pista certa? Talvez aquela mensagem indicasse um lugar totalmente diferente e nós estejamos, agora, fazendo papel de idiotas.

— Se pelo menos houvesse uma seção de artigos para cavalos...

— Deve existir alguma explicação.

E existia. Eles chegaram a essa conclusão ao descerem no sétimo andar no momento em que uma figura familiar deixava o banheiro masculino. Ele parecia tenso e correu para tomar o elevador antes que este se fechasse.

Era o garoto cheio de sardas no rosto que morava embaixo do apartamento de Fiona. Antônio e Michael nem tiveram tempo de ir atrás dele, mas aparentemente não foram reconhecidos.

Coincidências assim não existiam. Se o rapaz estava ali, era por uma razão forte que dizia respeito às buscas que estavam empreendendo.

Foi nesse momento que Michael teve um estalo.

— Já sei!

— O quê?

— O estábulo. Já sei onde devemos procurar.

— Você descobriu o estábulo?

— "Stall" é um dos nomes que se dão, em inglês, para as cabines dos banheiros públicos.

Os dois olharam, com certa reverência, para a porta por onde o sardento tinha saído.

— A frase falava em último estábulo — animou-se Antônio. — Ou seja, a cabine mais afastada da porta.

E foi para lá que os dois seguiram diretamente. Não havia ninguém no banheiro, nem mesmo um funcionário. As cabines tinham portas sólidas, que iam até o chão. Eles disputaram no cara e coroa para ver quem entraria na cabine primeiro e Antônio foi o escolhido. O local era pequeno, logo a busca também prometia ser. Antônio examinou as paredes e, quando tateava embaixo do vaso sanitário, suas mãos tocaram em algo que parecia plástico.

Antônio abaixou-se ainda mais para ver o que era. Havia alguma coisa embrulhada numa sacola plástica e colada à louça por fitas-crepe. Ele disse a Michael:

— Acho que encontramos.

E puxou o plástico. Michael ajudou-o a desembrulhar o saco. Dentro dele, havia um envelope branco, com uma folha de papel escrita à mão e dobrada, que dizia:

Relatório redigido hoje, 12 de setembro de 2001, às 9:21. Acabo de saber que o Bispo determinou que a Carga 2 seja levada, durante a próxima madrugada, da Igreja Gotthart para o porto de Boston, a fim de ser embarcada urgentemente por mar, já que os aeroportos e portos da área de Nova York estão interditados e fortemente vigiados. Tudo indica que o Bispo acompanhará a retirada da Carga 2 pessoalmente, já que ela será enviada sem a cobertura da Carga 1, tornando a operação a mais arriscada em muito tempo. Informações a mais, enviarei por e-mail, se houver. Consulte o hotmail.

Antônio e Michael não entenderam nada. "Carga 1", "Carga 2", "Igreja Gotthart", "porto de Boston"... Tirando as menções ao Bispo, era quase como se os dois estivessem lendo em sânscrito.

— Carga 2? — Antônio perguntou. — Será algum contrabando?

— Mas contrabando de quê? E por que eles usariam uma igreja como depósito?

O que aconteceu em seguida foi tão rápido que os dois nem tiveram tempo de se assustar. A porta do banheiro se abriu e, quando eles se viraram, depararam com a figura inconfundível do Bigode, com sua jaqueta preta, seu bigodão e sua expressão impenetrável. Ele tinha uma pistola apontada. O sardento estava ao seu lado, com um olhar que era puro pânico. Ele movia os lábios para falar, mas a voz parecia não querer sair.

— Finalmente, encontrei vocês. Já estava com saudades, sabiam? — Ele estendeu a mão. — Passem esse papel para cá!

Relutantes, mas vendo que estavam encurralados e sem alternativa, Antônio e Michael obedeceram.

Bigode examinou o papel atentamente e guardou-o na jaqueta.

— Agora vocês vêm comigo. Saiam como se nada estivesse acontecendo e nós fôssemos papai e os três filhinhos passeando na Bloomingdale's. Nada de escândalos, nada de caras contrariadas. Se alguém desconfiar e tentar nos impedir de deixar a loja, Rachel Zilberman morre ainda esta noite. Vai ser péssimo se vocês não acreditarem em mim.

Bigode guardou a pistola. Os quatro saíram do banheiro, suando de nervoso.

Barba Negra andou poucos quarteirões até a Rua 59. Olhou para uma das fachadas laterais da Bloomingdale's, respirou fundo e caminhou até o meio-fio, a fim de atravessar a rua. O que Stanley lhe reservara?

Foi então que viu Stanley e dois meninos deixando a Bloomingdale's por uma das portas laterais, que davam para a 59, escoltado por um homem de jaqueta e bigode, que Barba Negra conhecia bem.

Stanley estava com eles. Stanley e seu rosto coberto de sardas. Ele fora capturado. Sinal de que nada mais havia para se fazer na Bloomingdale's.

Os quatro caminharam até um Ford Taurus preto que havia acabado de parar junto à calçada. Além de Stanley havia dois outros meninos, constatou Barba Negra, com terror. Um era Michael, o filho de Yaakov.

O outro era Antônio.

— Meu filho... — Barba Negra balbuciou, enquanto os olhos se enchiam de água. Aflito, ele assistiu impotente aos quatro entrarem no carro.

Enfrentar o capanga do Bispo ali em plena calçada seria contraproducente, por mais que seu instinto de pai lhe pedisse o contrário. O homem estava armado e poderia fazer mal aos garotos. Precisava manter o sangue-frio. O melhor a fazer era avisar o Agente K e descobrir para onde eles iriam, embora Barba Negra já soubesse de antemão.

— Vou acabar com o Bispo hoje — prometeu Barba Negra para si mesmo, com os dentes cerrados de ódio — ou não me chamo Farid Wassouf.

CAPÍTULO 21

Uma hora de agonia transcorrera até Rachel conseguir localizar Bob Martinez. O celular dele dava ocupado direto. Ele não podia estar há tanto tempo conversando. Rachel preferiu atribuir a culpa às linhas da cidade, congestionadas desde ontem por causa dos ataques.

Assim que ele atendeu, com sua voz sempre suave e melodiosa, Rachel gritou, fazendo transbordar toda a sua aflição:

— Bob, pelo amor de Deus. Preciso da sua ajuda — ela falava depressa, atropelando as palavras. — Ouça: Michael e Antônio estão desaparecidos desde cedo. Descobri agora que eles estiveram no apartamento daquele detetive que Farid contratou para investigar o esquema montado dentro da Wazimed. Uma mulher foi morta lá hoje e ela trabalhava na empresa. Os meninos não dão notícias, eu...

— Calma, Rachel.

— Não peça para ficar calma, Bob. É o meu filho e o filho de Farid. Preciso encontrá-los. Pode haver um outro atentado a qualquer momento. Preciso trazê-los para cá.

— Como você sabe que eles estiveram no apartamento de Norberto Amato?

— Encontrei a agenda de Yaakov aberta na página onde está anotado o endereço. Michael deve tê-la consultado e...

— Você está fazendo suposições, Rachel. Não há nenhuma evidência de que Michael e Antônio foram para lá.

— Mas a agenda fica numa gaveta e hoje ela apareceu aberta na mesa, sem que eu...

— Rachel, minha cara. Até parece que você não conhece Michael — Bob retrucou tranquilamente. Rachel quase podia vê-lo sorrindo amistosamente do outro lado. — Aquele garoto travesso... Quantas vezes ele já não fez isso de sair de manhã e só voltar à noite?

— Mas hoje é diferente. Sofremos o maior atentado da história. Eu não devia tê-los deixado sair de casa. Como eu sou burra, burra...

— Não fique tão preocupada, Rachel. Confie em Deus. Ele, com certeza, está, neste momento, protegendo Michael e Antônio.

As mãos de Rachel tremeram e ela precisou sentar-se, antes de começar a chorar. Não era só pela preocupação com

Michael. Todo o desespero e tristeza que sentira desde ontem, com a morte do marido e toda a tragédia das Torres Gêmeas, e que ela fizera força para controlar por causa dos garotos, aflorou naquele momento, de uma só vez. Rachel ainda tentou continuar a conversa com Bob, mas não conseguia articular as palavras.

Edwina afagou-lhe os ombros afetuosamente, tentando passar um pouco de conforto, e tomou delicadamente o telefone de sua mão.

— Bob, onde você está? — ela perguntou, enérgica.

— Estou indo para casa, amor.

— Como você pode ser tão insensível diante do desespero de Rachel? Logo você que é um homem tão religioso...

— Mas eu tentei confortá-la. Disse que Michael já fez isso antes e que logo vai aparecer. Isso é ser insensível?

— Por que não se ofereceu para ajudar? Mas quando falo ajudar é ajudar mesmo. Não é ajoelhar num banco de igreja e ficar rezando.

— OK, OK... O que querem que eu faça? É só pedir.

Edwina lançou um olhar para Rachel, que continuava chorando ao seu lado, embora já um pouco mais calma.

— Nada. Não precisa fazer nada. Vá para casa mesmo. Eu vou passar a noite aqui. Não posso deixar Rachel sozinha numa hora dessas.

— Mas e os meninos?

— Você mesmo disse que eles devem estar bem. Como você é um "homem de Deus" — ela pronunciou "homem de Deus" com ligeiro deboche —, vou acreditar.

A voz de Bob crispou-se:

— Ei... O que está insinuando?

Mas Edwina já tinha desligado.

O Ford Taurus preto trafegou normalmente em linha reta em direção ao norte de Manhattan. No banco de trás, Antônio, Michael e Stanley sardento, congelados de medo, não diziam palavra. Quando passaram por uma blitz policial, Antônio, disfarçadamente, tentou baixar o vidro da janela ou abrir a porta, mas ela estava travada. Foram cerca de vinte minutos de um trajeto tranquilo até, já no Harlem, o carro parar numa esquina sombria e vazia, circundada por prédios decadentes. O Bigode, que estava no banco do carona, apanhou três capuzes de lã no porta-luvas e, inclinando-se para trás, enfiou um na cabeça de cada garoto. Os capuzes tinham apenas um orifício — para o nariz — e não permitiam ver nada, nem luminosidade. Em seguida, os três tiveram os pulsos algemados. O motorista fez o carro andar novamente. Três ou quatro curvas depois, Antônio, Michael e Stanley já não tinham a menor noção de para onde estavam indo. Podia ser para qualquer lado da cidade.

E de que adiantaria saber?, perguntou Antônio. Estavam encrencados mesmo. Seja lá o que aquele sujeito pretendia fazer com eles, com certeza não seria um agrado ou um convite para jogar videogame, com pipoca e refrigerante. Antônio também se perguntou onde estaria o Barriga, o comparsa atrapalhado e gorducho do Bigode. Estaria ainda na casa de Fiona Rogers? Teria sido capturado pela polícia? E como o Bigode conseguira sair de lá sem ser visto e ainda conseguir localizá-los na Bloomingdale's saindo da Caixa Morta de Farid?

Aliás, o que o vizinho sardento de Fiona estava fazendo lá?

Onde estava Farid? Que mensagem era aquela que eles tinham encontrado? O que significava "Carga 1", "Carga 2"...? Antônio não tivera tempo de memorizar o texto inteiro, mas lembrava-se perfeitamente de ter lido a menção a uma igreja. "Igreja Gotthart". Seria a igreja o depósito das tais cargas 1 e 2?

Ou seria o Quartel-General do Bispo? Afinal, bispos são autoridades da Igreja.

Que coisa louca era aquela que estava acontecendo?

O carro ainda andou uma meia hora — se não mais — até entrar numa garagem ou algo assim. Era um lugar coberto. Antônio reconhecia pelo som. O carro parou, as portas se abriram e os garotos foram chamados a descer.

— Acabou o conforto — disse o Bigode. — Vamos andando, vamos andando. Para a frente, para a frente.

Um cano de revólver fustigava as costas dos três impelindo-os a andar. Os passos e a voz do Bigode produziam um pequeno eco. Eles subiram dois lances de uma escada em zigue-zague. O esforço somado ao medo, ao cansaço, ao estômago vazio e ao capuz quente e grosso que asfixiava e pinicava a pele fez com que Antônio e Michael começassem a suar frio. Eles andaram mais um pouco e, de repente, ouviram o ruído de uma porta se fechando. Neste instante, mãos ágeis retiraram-lhe as algemas e eles foram forçados a sentar-se. Os pulsos foram amarrados nos braços e os tornozelos nos pés das cadeiras. Só então, os capuzes foram puxados com violência e eles puderam respirar.

Depois que os olhos se ajustaram à luz, eles se viram num cômodo relativamente espaçoso — devia ter uns vinte metros quadrados ou quase isso —, de paredes descascadas e manchadas pelo tempo e a umidade e piso áspero, cimentado. Uma lâmpada solitária pendia do teto, suspensa por um fio comprido. Não havia janelas e a mobília se resumia às três cadeiras às quais eles estavam atados. A única porta, pela qual eles tinham passado, estava fechada. O lugar cheirava levemente a mofo.

— Bem, agora eu acho que vocês já estão em condições de me dizer a verdade. Pelo menos, sei que não irão fugir.

Nenhum deles abriu a boca em resposta.

— Se não colaborarem, vai ser pior.

— Como você nos achou? — Michael perguntou.

— Finalmente, alguém resolveu falar alguma coisa. Mas quem faz as perguntas aqui sou eu, garoto.

— Você nos seguiu? — indagou Antônio, sentindo-se encorajado depois de Michael ter dado o primeiro passo. Ele queria entender o que havia acontecido e por que aquele sujeito estivera atrás deles.

O Bigode cruzou os braços, parecendo avaliar a situação.

— OK, não custa nada revelar. Vocês estiveram esta tarde num mercado do Bronx chamado Allerton's Place procurando por Fiona Rogers. O gerente de lá, um tal de sr. Wharton, desconfiou e ligou para a polícia. Parece que a notícia de que ela tinha sido assassinada já estava circulando naquela hora. A polícia, então, saiu atrás de vocês. Fizeram, primeiro, uma ronda pela área e depois foram até a casa de Fiona. Foi naquela hora que vocês conseguiram fugir de lá.

— E como é que você e o seu amigo barrigudo escaparam de lá?

— Não escapamos. Meu amigo subiu ao sótão para fazer uma busca nos arquivos de Norberto que estavam guardados lá. Enquanto isso, eu descia para falar com a polícia. Naquela hora estavam interrogando Stanley — o Bigode apontou para o sardento, que não se mexeu —, que mora no andar de baixo. Sabiam que ele é sobrinho de Fiona Rogers?

Antônio e Michael observaram Stanley, à espera que ele confirmasse o que o Bigode tinha acabado de dizer, mas o garoto permaneceu imóvel e calado. Por que ele não falava nada?

— Ouvi o final do interrogatório quando ele disse que, sim, dois garotos haviam passado por lá, perguntando por Fiona — prosseguiu o Bigode, que parecia orgulhoso da própria esperteza. — Havia alguns curiosos e me misturei a eles, depois dei o fora.

— Mas naquela hora a gente já tinha fugido. Como nos localizou?

— Stanley me pareceu muito nervoso quando foi interrogado pela polícia. Achei estranho e resolvi ficar por ali de olho nele. Quando, um tempo depois, ele saiu de casa, apavorado, percebi que faria algo importante e o segui até a Bloomingdale's. Foi uma surpresa encontrar vocês dois lá. Posso saber o que vocês estavam fazendo na Bloomingdale's, no mesmo lugar para onde Stanley tinha ido?

O silêncio voltou a reinar. Bigode deu dois passos adiante e, com um olhar duro, acocorou-se diante de Antônio e Michael, que, instintivamente, tentaram, em vão, soltar as amarras.

— Vão me obrigar a forçá-los a falar?

— Eu estou procurando meu pai — Antônio respondeu.

— Na Bloomingdale's?

— Descobrimos que meu pai e Norberto Amato usavam o banheiro da Bloomingdale's como Caixa Morta para trocar informações.

— Informações sobre o quê?

— Não sabemos.

— Norberto não poderia mais estar trocando informações com ninguém, porque foi assassinado há um mês. Acha mesmo que vou acreditar nessa sua historinha?

— Não é uma "historinha"...

— Fale a verdade, ou vai ser pior para você.

— Ele está dizendo a verdade! — falou Michael.

— Por que não pergunta ao sobrinho de Fiona o que ele estava fazendo lá?

Stanley fez um esforço para falar. Mexeu os lábios, mas só conseguiu emitir sons raros e desconexos.

O Bigode ignorou-o e torceu os lábios, avaliando a pergunta seguinte.

— E onde está seu pai? — ele perguntou a Antônio.

— É o que estamos tentando descobrir — respondeu Antônio.

— Não vá querer me convencer de que seu pai não fez nenhum contato com você durante todo este mês em que ele está desaparecido...

— Não fez.

— Nem um e-mail?

Antônio balançou a cabeça em negativa. O Bigode soltou um muxoxo.

— Que pai mais desnaturado...

E levantou-se. Ficou olhando para os três num silêncio agressivo e opressivo durante longos minutos. Antônio e Michael transpiravam frio de medo e cansaço.

— Detesto maltratar crianças — disse o Bigode, afinal. — Tenho filhos. E é só por isso que vou dar uma chance a mais para vocês falarem tudo por bem. Se fossem três marmanjos, a pressão começaria já.

Ele caminhou até a porta e, antes de abri-la, completou:

— Vou dar meia hora para vocês pensarem bastante. Enquanto isso vou fazer um lanche. Se eu voltar e vocês continuarem mentindo ou se recusando a falar, preparem-se para sofrer muito. Sou mestre em castigar quem não colabora.

E saiu, batendo a porta. Ouviram um clique da fechadura, indicando que havia sido trancada.

— O destino parece que não ficou satisfeito em levar sua mãe e meu pai — Michael desabafou entre os dentes. Nunca se sentira tão revoltado. — Querem acabar com a gente também. Que droga de vida é essa?!

Na mesma hora, Antônio sentiu que conseguia tocar o chão com a ponta dos tênis. Uma ideia lhe ocorreu.

— Não temos nada para contar a esse cara — Michael começou a choramingar. — Ele vai estraçalhar a gente. Estamos perdidos...

175

— Ainda não — sussurrou Antônio.

— Como ainda não?

— Acho que temos uma saída. É arriscada, mas temos.

E, firmando a ponta dos tênis no chão, começou, lentamente, a fim de não fazer nenhum ruído que atraísse a atenção lá de fora, a aproximar sua cadeira da de Michael.

CAPÍTULO 22

Rachel estava sentada na sala de jantar em frente à orquídea que Farid mandara mais cedo e onde havia um microfone escondido. Ela falou alto, na esperança que ele a escutasse.

— Michael e Antônio sumiram. Saíram cedo e não voltaram mais. Estiveram no apartamento do detetive Norberto Amato, onde Fiona Rogers foi assassinada. Muita coincidência para um dia como hoje, não acha?

Rachel não pretendia ficar em casa, de braços cruzados, enquanto seu filho e Antônio estavam à solta na cidade, talvez até correndo algum perigo. Ela tomou um calmante e, depois de rezar e refletir um pouco, decidiu avisar a polícia.

Havia relutado o máximo possível em incomodar a polícia, envolvida com ocorrências muito mais graves. Mas, agora, precisava fazer alguma coisa concreta para localizar aqueles dois ou enlouqueceria.

Ela levantou-se para pegar o telefone quando Edwina entrou com as duas mãos enfiadas nos bolsos do casaco que vestia. Tinha a expressão preocupada.

— Nenhuma notícia deles? — Edwina perguntou.

Rachel meneou a cabeça em negativa.

— Estou temendo pelo pior, Edwina.

— O que pretende fazer?

— Vou falar com a polícia.

Edwina suspirou fundo.

— Você está certa. Para que esperar mais? Quer que apanhe o telefone?

Rachel sorriu docemente.

— Faça esse favor para mim, Edwina.

Edwina fez menção de se afastar quando o telefone tocou na sala de visitas. Rachel levantou-se na mesma hora, em alerta. Edwina atendeu. Rachel ficou a distância, escutando a conversa.

— Alô. — Pausa. — Bob?

Rachel conferiu o relógio. Nove da noite. Haviam falado com Bob mais cedo e ele não se dispusera a ajudar.

— Ande, Bob. Pare de me enrolar — Edwina disse, parecendo irritada. — Diga logo. Onde você está?

Silêncio. Edwina esperou o que pareceu ser uma longa explicação de Bob e respondeu:

— Você tem certeza? Os dois estavam lá? — Edwina fez sinal para que Rachel se aproximasse, o que ela atendeu de imediato. — No depósito?

Bob respondeu mais alguma coisa. Edwina gritou:

— Não saia daí. Chame a polícia. Estamos indo para aí.

Desligou. Rachel perguntou, aflita:

— O que houve? O que Bob queria?

— Acho que ficou ofendido com as coisas que eu disse a ele e resolveu deixar a zona de conforto e procurar pelos garotos. Parece que eles foram vistos entrando num prédio ao lado do depósito da Wazimed, em Newark, acompanhado de uns homens. Bob está lá agora e eu disse para ele chamar a polícia.

Rachel levou as mãos ao rosto.

— Eles foram sequestrados? Meu Deus, Edwina. Então talvez não seja o caso de chamar a polícia. Os sequestradores podem matá-los.

— Não temos certeza se é mesmo um sequestro. Mas precisamos apurar isso. Melhor irmos para lá.

— Mesmo se você não me dissesse isso, é o que eu iria fazer.

Rachel subiu correndo ao seu quarto, apenas para vestir um casaco leve. Lembrou-se, então, da pistola de Yaakov. Uma pistola que ele nunca usara, mas que mantinha na mesa de cabeceira, por precaução. Rachel tinha horror a armas, mas, naquele momento, estava dominada pelo desespero e não pensou duas vezes. Sentiu que seria capaz de atirar se disso dependesse a vida do filho.

Rachel enfiou a pistola na sua bolsa e desceu. Em cinco minutos, as duas entravam na picape de Edwina e arrancavam em direção à vizinha cidade de Newark.

Os minutos voavam. Antônio firmou a ponta dos tênis no chão e, com esforço, conseguiu apoiar-se neles, erguendo-se com a cadeira e dando dois passos na direção de Michael. Descansou uns segundos e repetiu o movimento. Michael, a princípio, não entendeu o que o amigo estava pretendendo, mas não disse nada, ciente de que qualquer palavra poderia ser ouvida do lado de fora.

De dois em dois passos, Antônio, em poucos minutos que pareceram uma eternidade, levou sua cadeira para junto da de Michael, encostando a extremidade do braço direito de uma na lateral do esquerdo da outra. Dessa forma, a corda que amarrava o pulso esquerdo de Michael ficava ao alcance da mão direita de Antônio. Para chegar até ela, era preciso ficar de pé demoradamente com a ponta dos tênis e inclinar-se para a frente, tendo de suportar todo o peso da cadeira nas costas e fazendo força para não perder o equilíbrio. Se caísse, com cadeira e tudo, seria impossível para o Bigode e seus amigos não escutar. Estariam perdidos. Pior do que ser um prisioneiro era ser um prisioneiro que tentara fugir. Um ex-rebelado.

Antônio estava ciente do perigo que corria ao, apoiando-se no chão, estender a mão na direção do pulso de Michael e tentar segurar, com os dedos, as pontas da corda que o amarrava.

— Force o pulso para cima — Antônio sussurrou.
— Para quê? — perguntou Michael.
— Para afrouxar o máximo possível esse nó ou seja lá o que for.

Michael obedeceu. Com as mãos cerradas, ele começou a fazer força com o pulso e conseguiu afrouxar ligeiramente a corda, liberando um vão mínimo entre ela e a pele, mas o suficiente para Antônio conseguir introduzir seu indicador direito. Ele fez uma primeira tentativa, mas sentindo os dedos do pé doerem, afastou-se lentamente, voltando a sentar-se com a cadeira. Seu rosto estava recoberto de suor, mas ele não tinha como secar.

Enquanto isso, Michael continuou fazendo força com o pulso, liberando mais um pequeno espaço. Antônio recobrou o fôlego e voltou a levantar-se. Desta vez pareceu mais simples. Era como se seus pés e joelhos tivessem se adaptado rapidamente à nova posição. Ele conseguiu encaixar dois dedos sob a corda. Juntou esforços com Michael e os dois passaram a forçar a corda simultaneamente. Seus olhares revezavam-se entre a corda e a porta, que permanecia imóvel. De vez em quando, Antônio sentava-se, descansava um pouco e, em seguida, voltava. Longos minutos se passaram. A corda afrouxara um pouco mais, não o suficiente para o pulso de Michael passar, mas o bastante para ele conseguir girá-lo para a direita.

Somente aí, ele entendeu o plano de Antônio. A corda estava atada por dois laços sobrepostos, dos quais sobravam duas pontas. Antônio segurou uma das pontas e Michael a outra, e o primeiro laço se desfez. Animado com o progresso de sua ideia, Antonio preparava-se para puxar a ponta mais uma vez e liberar o pulso de Michael, quando escutaram um barulho atrás da porta.

Os dois enregelaram-se, apavorados.

O ranger metálico da maçaneta em movimento fez-se ouvir. Michael girou o pulso de volta à posição anterior e Antônio deu cinco, seis, sete, oito passos atrás e retornou sua cadeira ao local onde estava. Ele nem acreditou ao constatar que não havia perdido o equilíbrio nem se estatelado no chão.

A porta se abriu num átimo de segundo após Antônio se reacomodar. Restava apenas o rosto e o pescoço banhados de suor, mas isso bem poderia ser atribuído ao medo.

O Bigode entrou, carregando uma garrafa de água mineral.

— Estão com sede? — ele perguntou, meio sarcástico.

Os três garotos limitaram-se a abanar a cabeça em concordância. O Bigode abriu a garrafa.

— Não pensem que estou sendo bonzinho — ele disse, aproximando-se de Antônio e fazendo-o beber um longo gole pelo gargalo. Em seguida, fez o mesmo com

Michael. — Vocês vão ser interrogados e não quero que desmaiem na hora das respostas.

— Nós não sabemos de nada — disse Antônio, torcendo para que ele não notasse o laço parcialmente solto no pulso esquerdo de Michael.

Michael terminou de beber a água e o Bigode passou a garrafa para Stanley.

— Por que você acha que vai me convencer disso? — perguntou o Bigode, desafiadoramente, jogando a garrafa vazia para longe depois de Stanley tomar o que restara da água. — Fiona Rogers nunca vai àquele apartamento. Se vocês estiveram lá com ela é porque marcaram hora, e é claro que ela fez isso porque tinha algo para dizer a vocês. Pensam que eu sou algum idiota?

Antônio e Michael engoliram em seco. O raciocínio do Bigode tinha lá sua lógica, ainda que Fiona não lhes tenha dito nada.

— Em dez minutos, eu volto para começar o interrogatório. Vão preparando o que dizer e como dizer. Quanto mais objetivos vocês forem, mais rápido durará o tormento de vocês. Não gosto mesmo de torturar crianças, mas... vocês me dão alguma opção?

O Bigode saiu, gargalhando. Antônio contou trinta segundos após ele fechar a porta, para tornar a se levantar com cadeira e tudo e se aproximar novamente de Michael. Cada um segurou uma das pontas do último laço que prendia a corda no pulso esquerdo de Michael, e este se desfez. Um dos braços de Michael estava livre.

A partir daí foi simples e rápido. Usando a mão livre, Michael conseguiu soltar o outro pulso e, em seguida, as cordas que atavam os tornozelos. Depois, desamarrou Antônio e os dois libertaram Stanley, que permanecia mudo. O alívio era grande, mas esbarrava num obstáculo aparentemente insuperável: como sair dali?

Lentamente os três se aproximaram da porta. Conferiram a fechadura. Estava trancada. Ou seja: fugir seria ainda mais complicado. Teriam de esperar uma pessoa entrar e, então, surpreendê-la. As chances de sucesso eram mínimas, mas precisavam tentar. Não tinham alternativa.

CAPÍTULO 23

Newark era uma próspera cidade das cercanias de Nova York que abrigava o segundo principal aeroporto e o maior porto de contêineres da região. Ambos estavam situados a pouca distância do depósito da Wazimed, na Rua Gotthart, onde os suplementos alimentares, vitaminas e fitoterápicos ficavam estocados antes de serem embarcados para a América do Sul. Na verdade, a localização do depósito fora estrategicamente escolhida com essa finalidade.

A picape de Edwina dobrou a esquina com a Rua Gotthart e Rachel vislumbrou as fileiras de casas simpáticas e acolhedoras. Algumas janelas estavam acesas, indicando a presença de famílias reunidas, televisores ligados e jantares servidos. Era uma rua aparentemente sossegada e acolhedora, apesar das calçadas de cimento maltratadas e dos fios de alta-tensão suspensos por postes horrendos e emaranhados às copas das poucas árvores, que lhe davam um aspecto de suave decadência.

Edwina estacionou a picape em frente a um terreno baldio a poucos metros do depósito. Era um galpão comprido de dois andares e fachada clara desbotada pelo tempo. Ela e Rachel desceram e contemplaram a rua mergulhada na penumbra e no sossego. Nem um sinal de que a polícia estava ou estivera por perto.

— Tem certeza que Bob ligou daqui? — Rachel perguntou.

— Ele me disse que sim. Talvez esteja dentro do depósito.

— Não estou gostando disso.

— A polícia, pelo visto, não chegou.

— Ou ele não a chamou.

Rachel parou de andar, de repente. Segurou os braços de Edwina. Suas mãos estavam frias. Sua voz era de medo.

— Edwina, eu tenho que lhe contar uma coisa. É importante.

Parecendo surpresa, Edwina apenas esperou que Rachel continuasse:

— Você precisa tomar cuidado com Bob. Ele não é confiável.

— Como assim?

— Eu e Farid achamos que ele é um bandido perigoso.

— Você e... Farid?

— Sim. Nós temos nos falado desde que ele sumiu. Na verdade, Farid sumiu porque estava investigando um esquema montado dentro da Wazimed para contrabandear drogas sintéticas para a América do Sul junto à nossa mercadoria. Ele contratou um detetive que descobriu tudo. Esse detetive foi morto e Farid decidiu desaparecer antes que também fosse assassinado e continuou investigando em sigilo. Parece que o líder do esquema é Bob.

Edwina estava com os olhos claros esbugalhados.

— Há funcionários da Wazimed envolvidos — Rachel prosseguiu. — Mas eles não sabem que o líder é Bob, porque Bob manteve sua identidade em sigilo. Os funcionários que trabalham para ele o conhecem como "Bispo". Fiona Rogers trabalhava na administração do depósito e era informante de Farid. Ela ouviu, há umas duas ou três semanas, uma conversa entre dois funcionários que falavam sobre uma grande remessa de anfetaminas e de ecstasy que seria feita por esses dias. Um dos funcionários estava encarregado de entregar oitocentos mil dólares em dinheiro vivo a um fornecedor naquela noite. Ele apanhou o dinheiro na casa de vocês, antes de sair para o encontro. Farid viu tudo.

— Yaakov também estava em contato com Farid?

— Sim, mas sem participar da investigação. Na semana passada, Farid mandou uma mensagem para nós, dizendo que o esquema seria desbaratado ontem, no momento do embarque da mercadoria, quando todos os funcionários envolvidos estivessem em ação. Por isso, avisamos Leila Wassouf e pedimos que ela e Antônio viessem. Achamos que eles estariam em segurança aqui, pois os cúmplices do Bispo no Brasil poderiam usá-los como reféns para desencorajar uma denúncia ou, pelo menos, para dar tempo do Bispo fugir. Mas os atentados levaram ao fechamento do aeroporto de Newark, onde o embarque seria feito e ele teve de ser adiado.

Neste momento, o celular de Rachel tocou no bolso. Ela atendeu. Era Bob.

— Bob! Estamos procurando por você.

Edwina ofereceu-se para segurar a bolsa de Rachel, enquanto ela falava.

— Onde diabos você se meteu, Bob?

— Eu é que pergunto — Bob respondeu. — Estou ligando para a sua casa e ninguém atende. Fiquei preocupado.

— Onde está a polícia? E os garotos?

— Como assim?

Rachel sentiu um calafrio. Percebeu que havia caído numa armadilha preparada por ele.

— Você ligou há menos de uma hora lá para casa, dizendo que viu Michael e Antônio no depósito da Wazimed...

— Eu?! — A voz de Bob era de indignação. — Não sei do que está falando... Você enlouqueceu, Rachel?

E, então, Rachel compreendeu tudo.

Edwina acabara de retirar um celular de um dos bolsos do casaco e, agora, o exibia com o histórico de chamadas efetuadas. A mais recente tinha sido feita para o telefone da casa de Rachel há cinquenta minutos.

Na outra mão, apontava uma arma. A pistola de Yaakov que ela havia retirado da bolsa de Rachel.

Edwina havia simulado o telefonema de Bob mais cedo.

O dinheiro para pagar o fornecedor de anfetaminas tinha sido pego na casa de Bob. Edwina era mulher de Bob, morava com ele...

Ela era o Bispo.

O Bispo não podia ter sido mais previsível ao escolher um local para instalar o seu Quartel-General. Uma casa na Rua Gotthart exatamente ao lado do depósito da Wazimed. Era a "Igreja Gotthart". Farid quase não acreditou quando Norberto descobriu e lhe contou. Só faltava haver uma porta interna de comunicação entre os dois prédios. Fiona garantira que não vira nenhuma, mas nada era impossível na mente arrogante daquela gente que se julgava eternamente impune.

Aquele era o único lugar para onde os homens do Bispo podiam ter levado Antônio, Michael e o sobrinho de Fiona. Não havia outro. Farid sabia disto. Tanto tempo de investigação não deixaria dúvidas a esse respeito.

Farid parou seu carro numa rua paralela e caminhou devagar para a Gotthart, mantendo-se sempre nas sombras das calçadas. O Agente K havia ligado há pouco, avisando que ele e seus homens já estavam na área, apenas aguardando um sinal de Farid para entrar em cena. Farid achou melhor não acioná-los ainda, pois temia que os garotos virassem reféns nas mãos daqueles mercenários. Numa primeira etapa, teria de agir sozinho. E resgataria Antônio, Michael e Stanley, nem que, para isso, tivesse de dar sua própria vida. Assim como Norberto e Fiona deram a deles.

Apertou a inseparável cruz de prata do seu cordão. Sentia uma raiva intensa, mas se forçou a manter o controle. Aquela cruz lhe dera proteção durante toda a investigação e não era hora de perder a cabeça. A situação era delicada. Nem lhe interessava mais desbaratar a quadrilha. Seu único objetivo naquele momento era salvar os meninos.

Ao chegar à esquina, contudo, teve uma surpresa. Rachel e Edwina Whitaker, a mulher de Bob, estavam de pé em frente ao terreno baldio vizinho ao depósito. Rachel falava nervosamente ao celular e, de repente, Edwina apontou uma pistola para ela.

Ele estava enxergando direito? Edwina tinha uma arma apontada para Rachel? Era isso mesmo? Atordoado com a cena, Farid recuou até ficar fora do campo de visão das duas. Edwina era pessoa de confiança de Rachel. Por que a estaria ameaçando?

A resposta era tão óbvia que quase brilhava em neon à sua frente: como esposa de Bob, Edwina seria a primeira pessoa a defendê-lo. Era a cúmplice mais óbvia. Farid recriminou-se por não haver considerado essa hipótese antes. Como podia ser tão estúpido?

Edwina estava o tempo todo junto a Rachel. Monitorava todos os seus movimentos, tinha acesso ao gabinete privado de Yaakov e sabia de tudo o que se passava. Era a espiã ideal no lugar certo.

Ele havia instruído Rachel a não comentar com ninguém — ninguém mesmo — o que sabia sobre Bob e sobre o paradeiro dele, Farid. E isso incluía Edwina. Farid não tinha nenhuma dúvida de que Rachel mantivera o silêncio. Mas alguma coisa havia acontecido para Edwina confrontá-la daquele jeito. E o que, afinal, as duas estavam fazendo ali, em Newark?

Farid decidiu esperar e observar. Tinha uma pistola na cintura, da qual, nas últimas semanas, nunca se separara. Não gostava de armas. Até hoje, felizmente, não precisara usar uma. Mas o momento era crítico. Ele conferiu o pente de balas. Estava carregado.

CAPÍTULO 24

Não havia nada naquele cômodo nu que pudessem usar para a fuga, além das três cadeiras em que eles estiveram amarrados e das cordas. Antônio e Michael tiveram a ideia de unir os vários fios que até momentos atrás lhes atavam os pulsos e tornozelos em um fio comprido.

Antônio e Michael agacharam-se um de cada lado da porta, esticando o fio ao máximo e mantendo-o a uma distância calculada do piso, mais ou menos na altura da canela do Bigode. Empilharam as cadeiras no meio do cômodo e Stanley, que era o mais alto dos três, subiu para desatarraxar a lâmpada acesa no teto e o local mergulhou na escuridão. Stanley também ficou incumbido de manter as cadeiras junto de si, para atirá-las contra os sequestradores, caso fosse necessário.

À medida que os minutos passavam, a tensão aumentava. A qualquer momento, o Bigode entraria para iniciar o interrogatório. Torciam para que ele viesse sozinho, mas estavam preparados para a chegada de duas ou até três pessoas. Afinal, eram três cadeiras e eles, embora jovens demais e desarmados, eram também três. No fundo não confiavam muito na própria competência para escapar dali, mas era melhor acreditar nela do que entregar os pontos antes da derrota estar consumada.

Ouviram passos do lado de fora. Antônio e Michael seguraram as extremidades do fio com força e o esticaram bem, procurando distanciar-se quanto podiam da porta a fim de não serem vistos imediatamente por quem entrasse.

A chave girou na fechadura e, em seguida, a maçaneta se moveu e as dobradiças rangeram.

Uma faixa de claridade derramou-se sobre o piso de cimento, assim que a porta se abriu. Alguém estava entrando e não era o Bigode, e sim o seu assistente gorducho, o Barriga. Dava para perceber a barriga avantajada pela silhueta projetada sob a porta. Caso fosse o Bigode, ele teria estranhado imediatamente o fato de o quarto estar às escuras, já que saíra dali havia poucos instantes.

Mas o Barriga talvez tivesse achado que a escuridão era parte do interrogatório. Um truque a mais para deixar os garotos assustados e ansiosos para falar.

Ele trazia alguma coisa na mão. Um aparelho eletrônico, com uma antena acoplada. Não sabiam dizer o que era. Se um rádio pequeno, um gravador ou mesmo um celular. Encostou a porta ao entrar, mas não a fechou totalmente. Antônio e Michael mantiveram o fio esticado. Stanley ergueu uma das cadeiras. Seus olhos haviam se ajustado à escuridão e os filetes de luz, que se infiltravam no quarto pelas frestas embaixo e dos dois lados da porta, bastavam para eles terem uma noção exata de onde estava o bandido. Os três viram com nitidez o momento que a canela direita dele esbarrou na corda e o corpo se dobrou. O homem soltou um palavrão, quando o corpanzil se estatelou sonoramente no chão, e largou o objeto que trazia nas mãos. Antônio viu e apanhou-o. Nesse momento, Stanley atirou a cadeira na altura da cabeça, pescoço e ombros do Barriga, que começou a gritar e a esbravejar.

Tudo aconteceu muito rápido. Desde que a maçaneta girou na porta, não havia se passado nem um minuto.

A porta estava aberta, com a chave ainda na fechadura. Não havia ninguém à vista. O caminho estava livre. Pelo menos, até o Bigode ou outro bandido aparecer para saber que confusão era aquela.

Eles deixaram o quarto, trancando a porta por fora e guardando a chave. A claridade que encontraram ofuscou-lhes momentaneamente a visão. A porta se abria para um corredor comprido, flanqueado por diversas portas. Avançaram, temerosos de que, a qualquer momento, alguém surgisse de repente e voltasse a aprisioná-los. Mesmo ferido, o Barriga já podia ter se levantado e, logo, começaria a gritar por ajuda.

Os passos ecoavam pelas paredes nuas. Estavam chegando ao final do corredor, quando algo aconteceu. Um barulho súbito, acompanhado de um tremor na mão direita de Antônio. Os três trocaram um rápido olhar de pânico, até Antônio baixar os olhos para o aparelho que trazia na mão e que emitia um bipe contínuo enquanto produzia vibrações. Era um *walkie-talkie* ou algo parecido.

Eles encontravam-se, então, no que parecia ser o fim do corredor, onde havia uma porta de incêndio. Não estava trancada. Michael empurrou-a e depararam com uma escada de cimento que só descia, sinalizando que se encontravam no último andar de algum lugar. Certamente, fora por aquela escada que eles subiram. O *walkie-talkie* continuava a apitar. Antônio perguntou a Stanley:

— Você é capaz de engrossar a voz?

Stanley fitou interrogativamente o *walkie-talkie*. E apenas gesticulou apontando para o aparelho e a boca ao mesmo tempo.

Antônio não entendeu nada.

— É capaz ou não?

Stanley continuava gesticulando, ainda mais nervoso. Só, então, Antônio e Michael constataram que ele não estava conseguindo falar.

— Ele está sem voz — disse Michael.

— Mas ele falou com a gente à tarde, lembra? Quando a gente esteve na casa da Fiona procurando por ela...

— Tem gente que, quando fica muito nervosa, perde a voz por um tempo. Deve ser o caso.

Ficar sem voz não era a melhor situação para quem estava sob o risco de ser interrogado com violência. Era uma razão a mais para darem o fora daquele lugar.

— Bem. — Antônio deu de ombros. — Se ele não está conseguindo falar, é claro que não vai poder engrossar a voz. A pergunta, pelo menos, foi respondida.

— Por que você queria que ele engrossasse a voz?

— Se ninguém atender esse aparelho, vão desconfiar.

— Você não está pensando em...

Antônio fez que sim com a cabeça.

— Mas por que ele?

— Porque é o mais velho de nós três e tem a voz mais adulta.

— E agora?

— Eu sou brasileiro e falo inglês com sotaque. — Antônio estendeu o *walkie-talkie* para Michael, que o fitou com repugnância. — Vai ter que ser você mesmo.

— Não vai dar certo.

— Se você fizer com calma, vai.

Mesmo relutante, Michael sabia que não havia tempo a perder e apanhou o aparelho. Pressionou um botão prateado do lado e, depois de pigarrear duas vezes, falou, mantendo uma das mãos no que parecia ser o bocal:

— Sim?

— Por que demorou tanto para atender?

Era a voz do Bigode.

— Estava arrumando as cordas nos garotos.

— Foi o que pensei. Está tudo preparado?

— Ainda não. Me dê mais uns dez minutos.

— Dez minutos? Por quê?

— Depois eu explico.

— Ei, que negócio é esse de "depois eu explico"? Pensa que está falando com quem, seu cretino gordo? Escute aqui, eu...

Michael desligou. Antônio falou, começando a descer a escada:

— Vamos logo. O Bigode vai subir a qualquer momento para tirar satisfações.

Neste momento, ouviram um barulho lá embaixo. Uma porta batendo. Alguém estava subindo a escada. Antônio sussurrou:

— É ele. Vamos voltar, vamos voltar... Depressa!

Subiram os dois ou três degraus que eles haviam descido e tornaram a entrar no corredor. A porta do quarto onde estavam, na outra ponta, estava sendo violentamente esmurrada. Era o Barriga tentando abri-la à força, chamar a atenção dos outros bandidos ou as duas coisas.

À direita do corredor, havia uma porta entreaberta e Antônio, Michael e Stanley empurraram-na, entrando num cômodo escuro, no momento que a porta de incêndio se abria e o Bigode avançava pelo corredor parecendo uma locomotiva a vapor desgovernada. Quietos, protegidos pela escuridão do cômodo, ouviram o Bigode bater à porta e tentar abri-la sem sucesso.

— Está trancada, seu cretino. Abra-a! — o Bigode gritou.

— Eles fugiram e me trancaram aqui!

— O quê? Os meninos fugiram? E você os deixou escapar, sua besta?

A fuga não estava funcionando, pensou Antônio, começando a ficar com medo. Em dois minutos, estariam sendo caçados por todo o prédio e não demoraria cinco minutos para serem encontrados ali. Antônio tremeu ao imaginar o que o Bigode e o Barriga fariam com eles quando os apanhassem. Estariam revoltados com a tentativa de fuga e eram bem capazes de aumentar a tortura, para lhes dar uma lição e, principalmente, para desencorajá-los a escapar de novo.

Antônio lembrou-se então do rádio na sua mão. Era a última chance que tinham. Ele contou sua ideia a Michael. Quando este ia começar a protestar, dizendo que aquilo era muito arriscado, que não iria dar certo etc. ouviram um celular tocando no corredor.

CAPÍTULO 25

— Por que está fazendo isso, Edwina?

A voz de Rachel estava surpreendentemente serena quando ela fez a pergunta, contrariando toda a angústia que lhe queimava o estômago.

— Você me obrigou a isso — Edwina respondeu. A arma continuava apontada. — Me desculpe.

— Obriguei a quê?

— A tomar a decisão que tomei.

— Eu não te obriguei a nada. Você tomou a decisão porque quis.

— Não! Tomei porque era necessário. Achei muito estranho quando, hoje pela manhã, você me disse que o esquema criminoso na Wazimed era um assunto esquecido. Você estava objetiva e controlada demais para quem havia acabado de perder o marido de uma maneira tão repentina e dramática. Não gostei daquilo. Não combinava com você. Percebi na hora que você estava armando alguma coisa contra o Bispo.

Rachel soltou o ar dos pulmões, numa espécie de rendição.

— Minha intenção era fazer com que Bob, que eu imaginava que fosse o Bispo, pensasse que eu não me interessaria em levar a investigação adiante. Queria que ele acreditasse que era um assunto de Yaakov e não meu. Foi uma forma que eu encontrei de me proteger, enquanto Farid e a polícia agiam. Pelo visto, não funcionou.

— Não mesmo. Teria sido melhor se você não falasse nada. Juro que eu não desconfiaria, se você tivesse mantido o comportamento de sempre.

Rachel relaxou os braços. Não era hora de perder a cabeça.

— Por que estamos aqui? Onde estão os meninos?

— Ali dentro. — Ela fez um gesto com a cabeça na direção do prédio vizinho ao galpão da Wazimed. — Na "Igreja".

A "Igreja Gotthart", Rachel sabia, era o Quartel-General do Bispo. Eles haviam se instalado estrategicamente junto ao depósito da Wazimed, para facilitar a infiltração da carga clandestina com entorpecentes — conhecida como Carga 2 — em meio à carga legal de produtos exportados pela Wazimed para a América do Sul — a Carga 1.

— Você os sequestrou?

— Não. Mandei que os trouxessem para cá. Seu filho e o filho de Farid resolveram, hoje, meter o nariz onde não deviam.

— Então você sabia desde cedo que eles tinham ido ao apartamento de Norberto Amato?

— Eu vi a agenda aberta de manhã e mandei dois de meus homens até lá. Eles encontraram Fiona. Até então não fazíamos a menor ideia de que ela era espiã de Farid.

— Ela era prima de Norberto. Foi através dela que Farid chegou até ele.

— Eu não queria matá-la, mas foi necessário. Também pretendia poupar você e os garotos, Rachel. Mas o que aconteceu hoje me levou a adotar essa solução dramática. Desculpe.

Rachel fitou-a com uma expressão preocupada.

— Quais são os seus planos? — perguntou.

— Você quer saber o que eu pretendo fazer da minha vida? Sumir. Um bom jogador sabe a hora de parar. Aproveita enquanto a sorte está a seu favor para jogar e vencer, mas é sensato o bastante para sentir quando a sorte vai embora e para. O cerco está aumentando. Farid iniciou essa investigação maldita sobre o esquema de contrabando que eu criei com todo o cuidado na Wazimed. Sei que a polícia está metida nisso e vou desaparecer por conta própria antes que os tiras me ponham atrás das grades.

— Não vai ser tão fácil, Edwina. Ainda mais com o país do jeito que está. Os atentados de ontem, certamente, levarão a um aumento brutal na segurança nos aeroportos, quando eles forem reabertos. A vigilância está maior. Você não conseguirá sair dos Estados Unidos sem deixar um rastro enorme e a polícia vai encontrá-la cedo ou tarde.

— Não se todas as testemunhas forem eliminadas.— Edwina aproximou ainda mais a pistola de Rachel. — Diga: onde está Farid?

Rachel foi pega de surpresa.

— Acho que ele está em Nova York.

— Acha? Isso é muito vago. Quero o endereço dele.

— Não sei.

— Como não? Você acabou de dizer que tem se comunicado com ele...

— Mas não o vejo desde o dia em que Norberto Amato foi assassinado. De fato, nós temos mantido contato, mas ele nunca me deu nenhuma dica de onde possa estar.

Os olhos de Edwina eram duas brasas.

— Encontre-o!

— Encontrar Farid? Impossível, Edwina. Ele não me deu nenhum número de telefone para onde eu possa ligar.

— Não tente me enganar, Rachel. É impossível que ele nunca tenha ligado para o seu celular uma única vez.

Rachel soltou o ar dos pulmões. Estava dizendo a verdade para Edwina e isso a deixava mais segura para enfrentá-la.

— De fato, ligou. Mas sempre de linhas confidenciais. Nunca apareceu um número que fosse no meu identificador de chamadas.

Edwina comprimiu o cano da pistola na barriga de Rachel.

— Não tente me enganar, Rachel. Você precisa localizá-lo. E pedir a ele que venha à Igreja Gotthart ainda esta noite.

— Por que tanta urgência?

— Você vai entender no momento certo.

Rachel encarou Edwina demoradamente. Não podia demonstrar todo o medo que sentia. Isso daria ainda mais segurança a ela para pressioná-la.

— O que faz você pensar que Farid cairia nessa armadilha?

O sorriso que Edwina abriu foi assustador.

— Ele vai cair, sim. É a vida do filhinho dele que está em jogo.

A conversa entre Rachel e Edwina já durava quase dez minutos e as duas pareciam muito tensas.

Do seu ponto de observação, Farid assistia a tudo, sem conseguir ouvir o que era dito.

Mas uma coisa era certa: Edwina estava contra Rachel. E se as duas estavam ali, com certeza havia uma ligação com o sequestro de Antônio, Michael e Stanley, cujas chances de estarem presos na Igreja Gotthart eram de cem por cento.

Ou então...

Será possível? Edwina era o Bispo? Ela os havia enganado todo aquele tempo?

Farid estava atordoado com aquela constatação. Ele precisava fazer alguma coisa antes que Rachel também fosse presa. Enquanto ela estava na rua, as chances de fuga eram bem maiores. Farid não podia esperar mais.

Ficou pensando numa maneira de deter Edwina e, de repente, uma ideia luminosa lhe veio à cabeça. Era meio ousada e um tanto arriscada, mas, sim, tinha tudo para funcionar.

Se soubesse o número do celular de Edwina, a operação seria ainda mais fácil. Mas Rachel estava ali e ele havia decorado o número dela.

Farid recuou nas sombras da esquina, a fim de ficar ainda mais distante. Tinha medo que Edwina conseguisse ouvir sua voz. Ele digitou a sequência de números e ouviu o celular de Rachel tocar ao longe.

— Rachel Zilberman — ela atendeu.

— Sou eu, Farid.

Rachel não respondeu imediatamente. Parecia tomada pela surpresa daquela ligação inesperada.

— Estou ouvindo — ela falou, lentamente.

— Preciso falar com Edwina Whitaker. Pode me dar o celular dela? — ele perguntou, fazendo de conta que não sabia que as duas estavam juntas. Dessa maneira, afastava suspeitas sobre o seu paradeiro.

Ele ouviu Rachel suspirar do outro lado.

— Ela está bem aqui na minha frente.

— Então, passe o telefone para ela, por favor.

Edwina apanhou o telefone da mão de Rachel e conferiu a tela. O identificador de chamadas mostrava um número não rastreável.

Ela pigarreou antes de falar:

— Que surpresa, Farid. Há quanto tempo...

— Sem essa, sua cobra. Eu sei de tudo.

Farid não sabia ao certo o que era esse "tudo", mas precisava fingir que estava totalmente a par dos acontecimentos e, por isso, resolveu continuar blefando.

— O que você quer?

— Eu é que lhe pergunto: o que *você* quer?

— Você não está em posição de me desafiar, Farid. Quem dá as cartas aqui sou eu.

— Então responda ao que eu perguntei: o que você quer?

Edwina estava confusa com aquele telefonema. Era quase como se Farid houvesse lido os pensamentos dela.

— Venha até a Rua Gotthart. É urgente.

— Por que eu iria?

— Porque seu filho é meu prisioneiro e será torturado caso não diga onde você está.

— Eu sei que meu filho foi capturado por vocês. Aliás, ele, Michael e o sobrinho de Fiona Rogers. Foram levados quando saíam da Bloomingdale's da Terceira Avenida.

Edwina ficou estarrecida ao constatar como ele estava bem informado.

— Como sabe de tudo isso?

— Eu já disse, Edwina: eu sei de tudo. De tudo mesmo. A sua prepotência talvez não a faça considerar que os seus capangas podem estar te traindo. E me passando informações.

Era mentira, mas Farid precisava deixar a mulher ressabiada.

— Isso não é verdade.

— Não? Então, como eu poderia saber que vocês sequestraram os garotos na Bloomingdale's e os trancafiaram na Igreja Gotthart?

Farid parecia, mesmo, saber demais e Edwina não estava gostando daquilo.

— Eles não estão na Igreja Gotthart, Farid — mentiu Edwina.

— É claro que estão, Edwina. Eu só queria entender o que você e Rachel foram fazer aí.

O modo como Farid falou fez Edwina gelar. Ela ficou em silêncio.

— Você já parou para pensar, sua bruxa, que pode haver gente da minha confiança na área da sua "igreja" — Farid pronunciou "igreja" com sarcasmo —, espionando vocês na calçada e me contando tudo por outra linha de celular?

Aquele fora o blefe dos blefes e Edwina entrou em pânico. Farid não só sabia que ela e Rachel estavam ali, como era capaz de descrever a cena, como se ele próprio as estivesse observando. Antes que ele descrevesse as roupas que elas estavam vestindo, Edwina perguntou:

— Por que você ligou?

— Quero que você liberte Rachel e os três meninos agora. Em troca disso, eu me entrego a você e lhe dou tempo para sair do país.

— Não posso fazer isso. Está pedindo demais.

— Ah, não? Pois eu vou lhe dizer uma coisa: se não fizer isso, a polícia vai capturá-la ainda esta noite, esteja você onde estiver, e estourar a sua maldita igreja de entorpecentes. Você poderá até matar Rachel e os meninos, mas será presa e eu, com todas as provas que reuni com o auxílio de Norberto Amato e Fiona Rogers, vou pessoalmente testemunhar contra você no tribunal e batalhar para que você fique o resto da vida na cadeia. A escolha é sua. Você tem dez minutos para pensar. Volto a telefonar daqui a pouco.

E desligou sem se despedir, deixando Edwina momentaneamente desnorteada. Com o celular de Rachel mudo, suspenso na mão.

Farid recostou-se num poste e chorou ao pensar no que poderia estar acontecendo com Antônio, Michael e Stanley. Uma parte dele queria atravessar a rua e invadir o maldito prédio que aquela gentalha asquerosa chamava levianamente de "igreja". Não suportava a ideia de que seu filho e os outros dois pudessem sofrer nas mãos imundas daquela gangue e daria a própria vida para salvá-los. Mas precisou fingir para Edwina que não se importava. Era a única maneira de ela fazer o que ele queria. E de salvar a vida dos meninos.

Edwina manteve a cabeça fria e raciocinou. Farid lhe dera dez minutos. Era pouco tempo, mas dava para começar a agir. De repente, descobriu que sabia como dar o fora dali.

Mantendo a arma firmemente apontada para Rachel, Edwina apanhou o seu celular e fez uma ligação para o interior da Igreja Gotthart. Uma voz de homem atendeu.

— Alô? Sou eu, Edwina.

— Onde você está? — o homem retrucou, exasperado.

— Ouça, preciso que você faça um negócio para mim, depressa. Não temos tempo. Verifique se a carga...

— Pode ser daqui a pouco?

— De jeito nenhum. Não ouviu o que eu disse? Tem que ser já.

— Os garotos escaparam.

Edwina gelou por dentro.

— Como escaparam?

— Não devem ter ido longe. Acredito que estejam em algum lugar aqui na igreja. Vamos encontrá-los.

— Peça aos outros para cuidarem disso. Quero que autorize a saída da Carga 2 para Boston. Agora! Depois eu explico a razão. Em cinco minutos estarei aí e, quando chegar, quero que a carga já tenha saído, entendido?

O homem bufou do outro lado.

— Tudo bem. A senhora é quem manda, certo?

"Certo", pensou Edwina antes de encerrar a ligação.

Ela fez um cálculo rápido: se Farid estivesse a caminho dali, talvez levasse algum tempo para chegar, já que pontes e túneis que ligavam a ilha de Manhattan ao continente estavam ou interditadas ou fortemente vigiadas. Locomover-se na região de Nova York naquele dia seguinte aos atentados estava sendo complicado. Edwina contava com isso.

Tinha dez minutos.

Hora de desaparecer.

CAPÍTULO 26

Do quarto, Antônio, Michael e Stanley ouviram o Bigode desligar o telefone. Ele havia claramente dito à pessoa que ligou que "os garotos escaparam". E ele parecia mesmo ter acreditado naquilo, pois, na mesma hora, saiu ventando pelo corredor em direção à saída, aparentemente se esquecendo do comparsa preso, que continuava esmurrando a porta feito louco.

Foi a deixa para Michael voltar a torpedear o plano de Antônio.

— Você está maluco! — ele disse pela terceira ou quarta vez.

— Não temos outra escolha, cara — Antônio tentou argumentar.

— Se você falar, alguém pode estar passando pelo corredor, vai ouvir a sua voz e seremos pegos.

— Não vão ouvir.

— Como você pode ter certeza?

Antônio não respondeu. Sabia que Michael estava com a razão, mas era a única saída que tinham.

— Prometo que vai ser rápido. — Ele olhou para Michael e, em seguida, para Stanley, como que pedindo uma autorização silenciosa deles. — Fiquem preparados para sair correndo, OK?

— Sair correndo para onde? — Michael perguntou.

— Escada abaixo e de lá... para fora daqui.

Antônio pressionou o botão prateado na lateral do *walkie-talkie* e ouviu um chiado, antes de uma voz grossa atender:

— Sim?

Era o Bigode.

— Somos nós. — Antônio não se preocupou em disfarçar a voz. Fazia parte do plano. — Sentiu nossa falta?

— Onde vocês se meteram?

— Ligamos só para dizer que escapamos.

— Escaparam? Impossível!

Não dava para saber ao certo se o Bigode estava com medo, intrigado, furioso ou as três coisas juntas.

— Se duvida, por que não vem atrás da gente na rua?

Antônio pressionou o botão que desligava o aparelho. Imaginou que o Bigode iria ligar de volta para saber daquela história melhor. Isso faria o aparelho apitar, denunciando onde eles realmente estavam.

Michael perguntou:

— E agora?

Antônio engoliu em seco. Seu coração batia descompassado de ansiedade.

— Os bandidos vão se espalhar por aí atrás da gente. Ele deve achar que vai nos encontrar por perto. Enquanto isso, saímos e nos escondemos na primeira casa ou loja que encontrarmos.

— E se ficar alguém no prédio? — indagou Michael, ressabiado.

— Temos que correr o risco. E vai ter que ser agora. Por maior que seja a área aqui ao redor, eles não vão demorar muito para descobrir que foram enganados.

Michael levantou-se, impaciente:

— Então, vamos logo.

Farid voltou ao posto anterior, nas sombras da esquina, de onde se tinha uma vista generosa da Gotthart. Rachel e Edwina haviam desaparecido.

Elas, certamente, não tinham ido longe. Farid culpou-se por se afastar tanto tempo e não ter voltado mais depressa.

Consultou o relógio. Seis minutos haviam se passado desde que encerrara a ligação com Edwina. Faltavam quatro para esgotar o prazo.

A rua estava vazia e assustadoramente quieta. Por alguma razão, Farid não gostou daquilo.

Sete minutos. De repente, um silvo alto e contínuo quebrou o silêncio. Parecia uma explosão. Seguiu-se o ronco de motores. Farid esticou os olhos. O portão de ferro da Igreja Gotthart tinha acabado de ser aberto e um caminhão fechado saía de dentro dele.

A maldita Carga 2 devia estar sendo levada embora. Restava saber se Edwina e Rachel também estavam ali dentro. Talvez até os meninos estivessem. Essas dúvidas atormentavam Farid. Sem saber exatamente o que estava se passando, ele não podia planejar uma ação eficiente.

Aquele caminhão, no entanto, não havia deixado a "igreja" naquele horário sem razão. Era preciso interceptá-lo, mas Farid não podia sair dali agora. Ele apanhou o celular e fez uma chamada para o Agente K, que prontamente atendeu:

— Onde vocês estão? — Farid perguntou, quase sussurrando.

— Perto — foi o que o Agente K se limitou a responder.

— Um caminhão acaba de sair da Igreja Gotthart e está, agora, dobrando a esquina com a Avenida Wilson. Tenho motivos para pensar que está levando a Carga 2.

— Vou mandar um pessoal atrás dele já — declarou o Agente K.

Nem bem Farid desligou, um táxi amarelo, comum, dobrou sorrateiramente a esquina e parou a poucos metros do depósito da Wazimed. Estava escuro no interior do veículo e Farid não conseguiu ver quem estava lá dentro. Torcia também para não ter sido visto pelos seus ocupantes.

Cerca de um minuto depois, sem razão aparente, o táxi arrancou desgovernado pela Rua Gotthart, sumindo na esquina seguinte. Farid ficou olhando, boquiaberto, sem entender nada.

Com cuidado, Antônio, Michael e Stanley puxaram a porta e espiaram o corredor. Deserto. Estaria silencioso se o Barriga não estivesse socando a porta do quarto que servira de cativeiro e berrando desesperado.

Vendo que o caminho estava livre — pelo menos ali —, os três saíram do quarto e se esgueiraram até a porta de incêndio. Empurraram-na. Ninguém na escada. Nenhum movimento, nenhum ruído. Eles desceram os degraus, até chegarem ao patamar logo abaixo. A escada prosseguia mais um andar abaixo. Antônio e Michael não sabiam se ela terminava no térreo ou numa espécie de subsolo. Não havia nenhuma placa indicando em que andar estavam. Resolveram dar uma chance à sorte e desceram o último lance. A escada terminava numa porta de incêndio idêntica à que havia em cima. Eles puxaram-na devagar, procurando fazer o mínimo de barulho.

A porta se abria para uma espécie de galpão. Pelo menos era o que parecia. Todo de concreto, amplo, úmido, sem vida. A respiração deles parecia ressoar nas paredes, produzindo ecos incômodos. O local era iluminado por gambiarras presas em pontos isolados do teto, por sob o qual passavam canos e fios elétricos distribuídos sem lógica.

Mais uma vez, não havia ninguém à vista. Antônio, Michael e Stanley viram uma caminhonete branca parada mais à frente. Atrás dela, uma janela gradeada deixava passar a luz noturna. Uma garagem e uma janela. Antônio quase chorou de alívio ao concluir que estavam no andar térreo.

Aproximaram-se da caminhonete e viram que ela ocupava uma vaga muito maior, delimitada por um retângulo amarelo traçado no chão de concreto. Ao lado dela, havia outro retângulo idêntico, vazio. Dentro dele, contudo, notaram marcas de pneus grandes e duas poças de água e de óleo. O ar estava impregnado de cheiro de escapamento. Era como se algum veículo grande — provavelmente, um caminhão — tivesse acabado de deixar aquela vaga, depois de ficar um bom tempo estacionado.

Avançaram com cautela, observando cada canto daquela garagem. Precisavam encontrar uma porta ou mesmo uma janela um pouco maior sem grades. Qualquer abertura, enfim, que lhes permitisse escapar para a rua. Tinham de fazer isso enquanto o Bigode e seus asseclas não aparecessem.

Eles contornaram a caminhonete e, de repente, ouviram um ruído.

Pararam na mesma hora e apuraram os ouvidos.

Não era um ruído metálico, nem o piado de um pássaro.

Era humano. Havia alguém ali. Bem próximo.

Por vários instantes aterrorizantes, eles tentaram adivinhar de onde partira o barulho. Notaram um vão escuro junto à porta de incêndio por onde eles haviam entrado.

Alguém parecia se aproximar. Seria um corredor com um acesso alternativo às outras dependências daquele prédio?

Correram os olhos pelo local, procurando qualquer coisa que pudesse servir de arma, mas não descobriram nada. Michael viu um enorme pacote branco junto a uma das paredes. Talvez ali dentro houvesse alguma coisa.

Michael rasgou um pedaço do embrulho e aproximou o rosto dele. Dentro, havia o que parecia ser um monte de tubos cilíndricos cor de terra clara. Só, então, notou que um fio preto saía de uma das extremidades do pacote e seguia pelo chão até se perder na penumbra da garagem.

— O que aconteceu, Michael? — Antônio perguntou.

O fio tinha um cheiro familiar. Michael se lembrou imediatamente de um brinquedo que ganhou num aniversário anos atrás e que abandonou justamente por causa do odor que ele emanava: um revólver de espoleta.

Era cheiro de pólvora.

O fio estava coberto de pólvora. Era um rastilho.

Michael abriu um pouco mais o embrulho e viu gravado num dos cilindros uma palavra:

DYNAMITE

Michael levantou-se assombrado.

— Temos que dar o fora daqui!

— Qual é o problema? — Antônio perguntou.

— Vão explodir o prédio. Isso é dinamite! Esse fio é um rastilho de pólvora e deve estar conectado a algum detonador.

Antônio e Stanley baixaram os olhos para o pacote e compreenderam que Michael estava certo. Meu Deus!

— Mas dar o fora daqui... por onde? — Antônio olhou para todos os lados. — Não tem porta nessa joça.

Os três correram pela garagem, já sem se preocupar tanto se alguém os ouviria. Os grunhidos no vão perto da porta de incêndio aumentaram. Desarmados, eles fecharam os punhos prontos para lutar se fosse preciso. Se havia alguém ali prestes a atacá-los, eles, pelo menos, não seriam apanhados de surpresa.

Passaram em frente à porta de incêndio e dobraram a quina que dava acesso ao vão. Pararam ao verem uma mulher ruiva amarrada e amordaçada, gemendo e suando desesperada.

Michael deu dois passos à frente.

— Mamãe? — indagou ele, quase sem acreditar no que via. — O que você está fazendo aqui?

CAPÍTULO 27

Assim que o prazo de dez minutos se esgotou, Farid ligou novamente para o celular de Rachel. Foi Edwina quem atendeu.

— Pensei que não fosse mais telefonar — ela disse, com ironia.

— Eu falei que ligaria em dez minutos.

— Tenho uma proposta para você.

— Não tente me enrolar.

— Tenho Rachel e os garotos comigo. Estou na igreja. Encontre-nos aqui.

— Nada disso. Quero que me espere na rua. Não vou entrar em lugar nenhum.

— Por que não acredita em mim? Não vou tentar nada contra você.

— Pensa que eu nasci ontem, Edwina?

— Penso que você não tem escolha. Eu não vou me arriscar te esperando do lado de fora.

— Você parece não ter entendido ainda que quem não tem escolha é você. Estou lhe dando uma chance de sair bem dessa.

Não era bem verdade, mas parecia óbvio que Edwina tinha um plano. Entrar sozinho naquele prédio seria a coisa menos sensata a fazer.

— Eu vou matá-los, então.

Aquilo doeu em Farid, mas ele fez questão de parecer impassível.

— Não, você não vai — respondeu ele. — Você não cumpriu o nosso acordo. Nós tínhamos combinado que em dez minutos você libertaria Rachel e os meninos, mas em vez disso você resolveu preparar uma armadilha. Talvez para me aprisionar, também. Sinto muito, Edwina. Minha paciência acabou. Chamarei a polícia agora.

— Pode chamar, seu idiota. Enquanto isso, vou matar lentamente os garotos um por um. — E desligou o telefone.

A reação de Edwina não combinava com a de uma pessoa encurralada. Ela estava segura demais, sem parecer se importar com coisa alguma. Farid lembrou-se, então, do táxi que aparecera na rua momentos antes e que, de repente, arrancara em alta velocidade. Será que Edwina chamara aquele táxi para fugir sem ser notada?

Ele reconstituiu mentalmente a planta da Igreja Gotthart, que Fiona Rogers lhe mostrara há duas semanas: o prédio tinha uma saída secundária, pequena, voltada para a

Avenida Wilson. Edwina bem podia ter saído por ela e fugido num táxi. Talvez, nessa hora, estivesse a caminho de outro estado.

Farid tornou a ligar para o Agente K, que atendeu impaciente:

— O que foi agora?

— Acho que o Bispo fugiu, e de táxi. Mande um pessoal para cá. Depressa!

Enquanto ouvia o Agente K responder, sem registrar o que ele dizia, Farid tinha os olhos grudados na fachada da Igreja Gotthart. Ele sabia que seria arriscado e irresponsável, mas seu desejo de invadir aquele prédio e libertar os meninos à força havia acabado de se tornar incontrolável.

Rachel olhou para o filho e seus olhos se encheram d'água.

— Vamos soltá-la. Rápido! — disse Michael, agitado.

Antônio e Stanley puxaram as cordas que cingiam o corpo de Rachel enquanto Michael tirava a mordaça. Os nós não estavam muito firmes, sugerindo que tinham sido feitos às pressas. Quando Rachel viu-se solta, abraçou Michael e explodiu num choro desesperado.

— Graças a Deus eu encontrei vocês — ela disse, afagando o cabelo de Michael e beijando-lhe o rosto. — Por que fizeram isso comigo? Por que foram atrás de Norberto e Fiona? Por que não ficaram quietinhos lá em casa?

Michael retribuiu o abraço, mas afastou-se logo. Não podiam perder tempo.

— Mãe, isso não vem ao caso, agora. Vão explodir o prédio. Tem um pacote de dinamite com um rastilho de pólvora aqui embaixo. Precisamos cair fora.

Rachel retesou-se, apavorada.

— Tem certeza?

— A senhora sabe onde nós estamos, sra. Zilberman? — Antônio perguntou.

— Estamos em Newark. É uma cidade perto de Nova York. Aqui ao lado fica o depósito da Wazimed.

— Para onde fica a saída? — Michael perguntou.

Rachel levantou-se e foi na frente, assumindo seu papel de adulta. Ela vasculhou os quatro cantos daquela garagem e sacudiu os ombros. Só havia paredes.

— Não sei.

E foi então que ela viu o pacote de dinamite junto a uma das paredes.

— Por que, simplesmente, não cortamos o rastilho? — Antônio perguntou.

— Porque não temos nenhuma faca ou tesoura conosco — Michael respondeu

— Além do mais pode haver outros pacotes iguais a esse espalhados pelo prédio — acrescentou Rachel.

A convicção com que ela dissera aquilo surpreendeu Michael, Antônio e Stanley, que se voltaram para ela interrogativamente ao mesmo tempo.

Rachel acrescentou:

— Acho que sei por que querem destruir esse prédio. Primeiro, porque, de repente, ele passou a não servir mais para coisa alguma. Mas desconfio que haja outros motivos piores...

Farid havia acabado de atravessar a Rua Gotthart e estava, agora, em frente ao depósito da Wazimed quando um carro e um jipe da polícia pararam silenciosamente a uma pequena distância.

Três homens saltaram. O Agente K não estava entre eles.

Farid entendeu, então, a estratégia dele.

Como agente do FBI — a polícia federal dos Estados Unidos —, a prioridade de Gavin Kobersteen era capturar o Bispo e acabar com o esquema criminoso que usava a logística da Wazimed para vender drogas sintéticas para a América do Sul. Calculava-se que a organização do Bispo movimentava cerca de cinco milhões de dólares por ano e estava em atividade há quase uma década.

Farid havia chegado a Gavin Kobersteen através de Norberto Amato. Amato ajudara Kobersteen em algumas investigações extraoficiais e ambos mantinham uma relação profissional de camaradagem. Fora Amato quem o apelidara de "Agente K", em referência à primeira letra do seu sobrenome.

Kobersteen fora impecável durante toda a investigação, sabendo esperar e guardar sigilo. Por várias vezes aceitara cooperar com Farid em pesquisas de campo, fazendo-se passar por seu secretário ou motorista. Em troca, Farid lhe abrira um caminho privilegiado para desbaratar uma importante rede de tráfico de drogas sintéticas nos Estados Unidos.

Ao contrário de entorpecentes como cocaína, maconha e heroína, que chegavam aos países desenvolvidos provenientes, em sua maioria, da Ásia e da América Latina, as chamadas drogas sintéticas eram fabricadas em laboratórios clandestinos na Europa e nos Estados Unidos e, de lá, exportadas para o resto do mundo. Havia outras organizações como a do Bispo atuando em território norte-americano e Gavin "Agente K" Kobersteen estava na linha de frente para desarticulá-las.

Kobersteen devia estar, naquele momento, vasculhando toda a Newark atrás de Edwina Whitaker. Ele esperara muito tempo por aquele dia e não desperdiçaria a chance de liderar a operação pessoalmente. Farid já não se preocupava mais com o Bispo. Ele queria reencontrar o filho e libertá-lo junto com Michael, Stanley e Rachel. Seu maior sonho agora era reunir os quatro numa sala confortável, segura e tranquila e conversar sobre os assuntos mais banais. Era impressionante como as situações extremas de perda e perigo levavam as pessoas a valorizar as coisas mais triviais do dia a dia. Caso não morresse naquela noite, Farid não se esqueceria daquela lição que a vida estava lhe dando.

Tomado por toda a coragem e vigor que conseguira reunir, Farid correu até a Igreja Gotthart, posicionando-se em frente ao portão por onde o caminhão saíra há pouco. A porta era de aço e ele não conseguiria vencê-la sozinho. Fez um sinal para os policiais, que se aproximaram dele e cercaram a entrada do prédio.

— Ajudem-me aqui! — conclamou ele e olhou demoradamente para o jipe parado junto ao meio-fio.

CAPÍTULO 28

EDWINA ALUGAVA HÁ QUASE UM ANO UMA VAGA PARticular numa casa residencial discreta da Avenida Wilson, a poucos passos da Igreja Gotthart. Lá, ela guardava um carro reserva — um Chevrolet azul — abastecido e a postos para uma fuga de emergência.

Do mesmo modo, ela mantinha no escritório da igreja, um "kit-fuga", composto por peruca preta, uma muda de roupa, lentes de contato castanhas, passaporte falso e 50 mil dólares em espécie. O restante do dinheiro estava depositado num banco do Caribe.

Edwina parou o Chevrolet numa esquina próxima à Estação Penn. Olhando-se no retrovisor, ela prendeu os cabelos louros com grampos e cobriu-os com a peruca. Depois colocou as lentes de contato castanhas, disfarçando os olhos azuis, trocou de roupa com extrema rapidez e habilidade. Acomodou a bolsa com o dinheiro e o passaporte em nome de Heather Hills atrás do banco do carona e tornou a acelerar.

Edwina pretendia dirigir até o aeroporto de Montreal, no Canadá, onde embarcaria no primeiro voo para fora da América do Norte, não importava o destino. Seriam cerca de seiscentos quilômetros de estrada, mas Edwina não tinha alternativa, já que os três aeroportos da região metropolitana de Nova York — incluindo o de Newark — estavam fechados por causa dos atentados de ontem. Uma vez anônima e em segurança longe dos Estados Unidos, escolheria com calma o país onde se instalaria em definitivo e gastaria a fortuna que juntara ao longo dos nove anos em que liderara o esquema de venda de drogas de laboratório para os sul-americanos. Edwina era apenas uma intermediária, que facilitava o embarque e transporte da mercadoria. "Big Job", o seu fornecedor, dono de vários laboratórios clandestinos na Costa Leste, não sabia que ela estava pulando fora e era bastante improvável que ele a localizasse em sua nova vida.

O FBI estava no encalço do Bispo e, logo, todo o esquema seria descoberto e desmontado. Ela não poderia mais ficar em Nova York. Se não saíra antes era porque precisava coordenar o embarque da última remessa. Isso teria sido feito ontem, caso os atentados ao World Trade Center e ao Pentágono não tivessem interditado os portos e aeroportos da região de Nova York. Se o embarque houvesse sido feito conforme o previsto, ela já estaria longe àquela altura e não teria vivido as horas tensas daquele dia 12, em que, pela primeira vez, viu de perto a possibilidade de ser presa.

Há dez ou quinze minutos, quando falou com Farid pelo celular, Edwina já estava no carro. Queria que ele acreditasse que ela permanecia na igreja. Dessa forma, não só ganhava tempo, como o atraía para a armadilha que havia preparado.

Era evidente que os meninos permaneciam no prédio. Eles não tinham como escapar, pois as portas estavam todas camufladas por dentro. Até eles localizarem uma delas, seria tarde demais. Tudo iria pelos ares.

Ao chegar lá, Farid faria de tudo para entrar. Quando o prédio explodisse, ele seria atingido do lado de fora. Todos morreriam e o caminho dela estaria definitivamente livre.

Olhou a paisagem noturna pelo painel. O Chevrolet trafegava, agora, pelas autopistas do elevado junto ao rio Passaic, em Belleville. Ela começava a comemorar a própria liberdade, quando viu um táxi amarelo acelerar atrás dela e forçar uma ultrapassagem violenta. Na altura da ponte da Rua Rutgers, o táxi fez um cavalo de pau e parou na horizontal, bloqueando-lhe a passagem. Foi tudo muito rápido. Edwina não teve como desviar e foi forçada a dar uma freada violenta.

Ela pensou em descer para tirar satisfações, mas lembrou-se que estava em fuga. Ia dar marcha a ré no carro para fazer uma manobra pela esquerda e seguir seu caminho, quando uma cena a congelou.

Bob Martinez acabara de descer do banco de trás do táxi e andava calmamente na direção dela.

Aquilo tinha de ser algum engano. Era impossível Bob reconhecê-la com o disfarce. Além do mais, ele nunca soubera da existência daquele carro.

Edwina deu marcha a ré, mas Bob continuou andando calmamente, sua silhueta se movendo em meio à escuridão noturna. Ela precisava sair dali e o que mais a assustava era a postura inabalável do marido.

Ela terminou de manobrar o carro e pôs o pé no acelerador. Queria avançar a toda a velocidade, mas Bob, agora, caminhava exatamente à sua frente. Ele estava fazendo aquilo de propósito para detê-la.

Edwina teve vontade de ir em cima dele, mas não encontrou coragem. Nesse meio-tempo, o táxi havia andado um pouco para a frente e, agora, bloqueava a pista pela qual ela pretendia seguir.

Bob aproximou-se da janela e fez sinal para ela baixar o vidro.

Edwina não obedeceu. Bob gritou:

— Aonde você pensa que está indo, Edwina?

Edwina não respondeu e girou a direção nervosamente, na tentativa de fazer nova manobra.

— Você acha mesmo que me engana com esse disfarce estúpido?

Por alguns instantes, ela ficou parada, sem esboçar nenhum movimento, horrorizada ao constatar como estava exposta e vulnerável.

Bob juntou as mãos em volta da boca e gritou:

— Eu sei que você guarda esse carro numa vaga alugada numa casa na Avenida Wilson.

Edwina sentiu seu coração quase parar.

Como Bob sabia de tudo isso?

Pisou com força no acelerador, manobrando de forma desgovernada. O táxi bloqueava parte do caminho e Bob estava de pé na pista da direita, usando o próprio corpo para impedir a passagem pelo pedaço da estrada que o táxi não cobria. Atrás do Chevrolet, uma fila de carros conduzidos por motoristas atônitos e irritados com a cena começava a se formar.

Edwina sentiu-se encurralada.

Ela olhou com ódio para o marido, que se mantinha calmamente perfilado, com os braços relaxados, olhando para ela com a tranquilidade de quem contempla as ondas do mar numa praia deserta. Estava certa de que Bob a apanhara apenas para ganhar tempo e que a polícia já devia estar a caminho. Engatou a ré, fazendo o Chevrolet recuar ao máximo até quase encostar num sedan parado atrás. O motorista gesticulou desesperado, cuspindo alguns xingamentos que ela não pôde ouvir.

Olhou para a frente. Bob andava na sua direção. A serenidade dele a deixava ainda mais furiosa. Ele mantinha as mãos abertas na altura do rosto e mexia os lábios. Estava, provavelmente, rezando. Certamente, acreditava que Deus o estava protegendo naquele momento. Bob era um exemplo irritante de como a fé tornava as pessoas mais confiantes. Não era possível que ele não estivesse sentindo nenhum medo. Como pudera ficar casada por tanto tempo com um homem tão esquisito?

Bob continuava rezando enquanto se aproximava dela, devagar. Edwina girou o volante o máximo que pôde para a direita, virando o carro na direção de Bob, e engatou a primeira. Era a única forma de fugir dali. Bob não se perturbou e postou-se exatamente em frente ao carro enquanto movia a mão direita, fazendo sucessivos sinais da cruz para Edwina.

O carro andou um pouco. Ela passou a segunda. Ia engatar a terceira e pisar fundo no acelerador, quando algo a deteve.

Bob continuava à sua frente, benzendo-a sem parar.

Ainda estava irritada com ele e angustiada pelo conjunto da situação, certa de que tinha pouquíssimo tempo para cair fora dali. Mas o fato foi que ela não conseguiu soltar a embreagem.

Observou o ex-marido orando e gesticulando na frente dela e começou a chorar.

Nem viu o homem grisalho, escoltado por dois outros, aproximando-se a pé do carro e dando duas batidinhas na janela do motorista.

— Sra. Whitaker. Sou o agente Gavin Kobersteen, do FBI. Precisamos ter uma conversa.

Ela baixou o vidro da janela e, ignorando o Agente K, olhou diretamente para Bob, que estava, agora, um pouco atrás do agente.

— Como você conseguiu me encontrar aqui?

Bob sorriu para ela, com indulgência.

— Você sempre pensou que eu fosse um palerma alienado pela religião, não é? Por isso inventou o apelido de Bispo para o líder da organização, não é? Para que todos suspeitassem de mim.

Edwina não disse nada em resposta.

Bob prosseguiu:

— Eu estou muito mais informado do que você imagina, sua tola. No começo do ano, comecei a suspeitar dos seus cada vez mais frequentes compromissos à tarde. Você saía da empresa e voltava horas depois, sem dar satisfação. Achei que tivesse arranjado um amante, comecei a investigar e descobri as suas visitas constantes ao prédio em Newark que, por coincidência, ficava ao lado do depósito da Wazimed. Quando Farid desapareceu e vazou na Wazimed a história de que uma quadrilha estava atuando dentro da firma, não demorei a ligar as duas coisas.

Diante de uma Edwina absolutamente perplexa com aquela revelação — e, também, por nunca ter se dado conta de nada daquilo —, Bob completou:

— Eu estava prestes a colocar em ação um plano para você ser presa ainda esta semana, mas parece que não foi necessário. — Ele balançou a cabeça, com desdém. — Vejo que todas as orações que eu fiz para você não serviram para nada. Sua alma não tem mesmo salvação! Uma pena...

CAPÍTULO 29

Escondido atrás de um carro estacionado na Avenida Wilson, o Bigode observava, a distância, a fachada da Igreja Gotthart, quando Farid Wassouf apareceu, acompanhado de alguns policiais.

A hora tinha chegado.

Ele meteu a mão no bolso da calça e pegou o celular. Uma sequência de números já estava gravada e ele só precisou apertar um botão para fazer a chamada.

— Sou eu — ele disse, quando atenderam em algum lugar dentro da igreja. — Sinal verde. Faça o que tem que ser feito e vá embora.

Desligou e começou a se afastar depressa. Estava embaixo de um viaduto a dois quarteirões da igreja, quando um policial armado apareceu das sombras e colocou-se na frente dele.

— Por que toda essa pressa, amigo?

O Bigode sentiu suas mãos sendo unidas, nas costas, por um par de algemas e descobriu que os policias eram dois.

Não havia portas naquela parte do prédio. Por onde, então, os veículos entravam e saíam?

Antônio, Michael, Stanley e Rachel percorreram todo o perímetro da garagem. Só havia paredes e duas pequenas janelas com grades. A única porta visível era a de incêndio que levava à escada interna.

Não adiantaria fugir por lá. Estavam no térreo, eles tinham certeza. Subir a escada só os afastaria ainda mais de uma suposta saída.

Mas havia outra coisa incomodando os quatro. Não havia qualquer sinal de movimento no prédio. Muito estranho, ainda mais considerando que, poucos instantes atrás, eles haviam sido amarrados e trancados num quarto para ser interrogados. Se os bandidos haviam desistido deles, a única explicação eram aquelas bananas de dinamite.

— Os caras fugiram — disse Michael. — Eles vão explodir o prédio com a gente aqui dentro. Esse deve ser o plano do Bispo

Rachel ergueu os olhos interrogativamente para ele.

— Então, vocês já estão a par da existência do Bispo?

Todos fizeram que sim com a cabeça.

— E vocês sabem *quem* é ele? — perguntou Rachel. — É Edwina. Acabei de descobrir.

Michael perguntou, perplexo:

— Edwina Whitaker? A mulher do Bob?

— Ela mesma. Edwina nos atraiu para cá e, agora, vendo a dinamite, entendo a razão. Liquidar todas as testemunhas. Mas ela não vai conseguir.

Antônio, Michael e Stanley se entreolharam.

— Como é que você sabe? — Antônio perguntou.

Rachel lançou para ele um olhar cheio de ternura.

— Seu pai.

Antônio arregalou os olhos.

— O que tem meu pai?

— Seu pai está vivo. E muito perto daqui. Ele sabe de tudo.

Antônio teve um sobressalto. Uma intensa onda de alegria e emoção se alastrou pelo seu corpo, fazendo o coração acelerar.

Ele sorria, quando perguntou:

— Meu pai... Quer dizer que a senhora e ele têm se falado...?

— Desculpe não ter comentado nada antes com você — Rachel justificou-se. — Não era a hora. Estávamos no meio de uma investigação delicada. Quanto menos gente soubesse de Farid, melhor para todo mundo. Principalmente para ele.

Antônio não sabia o que dizer. Olhou para Michael que parecia também ter ficado tocado com a notícia. Afinal, os dois tinham passado o dia inteiro procurando pistas de Farid e se meteram em boas enrascadas por causa daquilo.

— E onde ele está, mamãe? — Michael quis saber.

De repente, uma explosão sacudiu a garagem e todos se abaixaram instintivamente. Em seguida, mais uma. Logo depois, a terceira. E a quarta. Antônio e Michael olharam em volta, certos de que a dinamite tinha começado a ser detonada e que era uma questão de segundos para as paredes começarem a cair em cima deles, mas tudo permanecia no lugar.

— O que está acontecendo? — indagou Rachel.

As explosões eram ritmadas, como se um martelo gigante estivesse golpeando uma superfície de metal. Em meio a elas, podia-se entreouvir o ronco de uma máquina, de um motor... O motor de um carro! Os sons estavam muito próximos, mas não podiam estar vindo de dentro da garagem, já que o único veículo ali era a caminhonete branca que continuava parada e desligada.

Escutaram gritos masculinos, em meio à algazarra de ruídos. Em seguida, sentiram um cheiro de pólvora queimada. Olharam para o lado, apavorados. O rastilho queimava perigosamente em direção ao pacote de dinamite.

E, então, uma parede começou a desabar em frente a eles.

Antônio, Michael, Rachel e Stanley não tiveram reação imediata. Num primeiro momento, eles ficaram sem saber o que fazer, para onde correr e contra o que lutar.

Tudo acontecia ao mesmo tempo e numa velocidade vertiginosa.

A parede terminou de cair. Inteira. Derrubada como uma peça de dominó por um jipe, que também havia destruído o portão que se abria para a rua e, agora, entrava pela garagem com vários homens no seu interior. A parede falsa era feita de compensado e o lado interno tinha sido pintado com o mesmo material do resto da garagem. Sua função parecia ser isolar os sons produzidos ali dentro de quem passava na rua.

Os homens viram o rastilho queimar e desceram correndo do jipe para apagar enquanto alguém gritava:

— Saiam daí! Saiam daí!

A chama foi apagada imediatamente. Antônio tentou encontrar algum instrumento nas mãos dos homens, quando uma voz grossa, familiar, falou por trás dele.

— Eles são da polícia.

Antônio virou-se e deparou com o pai.

Farid estava mais magro e tinha deixado a barba crescer. Antônio não imaginava que a barba de seu pai fosse tão espessa e escura.

Mas era seu pai. E ele estava bem ali na sua frente.

Quando os dois se abraçaram, uma onda desvairada de sensações os dominou. A dor da morte de Leila, toda a tensão das últimas horas, as perseguições, o sequestro, o cansaço... Tudo se materializou de uma só vez. Estavam exaustos e fisicamente devastados, mas haviam se reencontrado, que era o que mais queriam. Eram, novamente, uma família.

Ladeada por Michael e Stanley, Rachel aproximou-se deles e disse:

— Acho que acabou, enfim. Vamos para a minha casa. Precisamos todos descansar.

EPÍLOGO

Onze dias depois

Pontualmente na hora marcada, Bob Martinez tocou a campainha da *townhouse* na Praça Sutton e aguardou. Rachel Zilberman abriu a porta e, ao vê-lo, cumprimentou-o calorosamente.

— Seja bem-vindo. Almoça conosco?

— Obrigado, Rachel — respondeu Bob. — Já almocei.

— Farid está na sala à sua espera.

Conduzido por Rachel, Bob atravessou o hall até a sala de estar, onde Farid Wassouf lia o *The New York Times*. Bob reparou nas malas arrumadas no canto da sala. Farid e Antônio voltariam naquela tarde para o Brasil.

Farid havia cortado a barba negra. O rosto limpo tornava a sua fisionomia mais simpática, ainda mais naqueles dias em que qualquer homem muito barbado podia ser confundido com algum simpatizante dos terroristas da Al-Qaeda, a organização extremista que planejara e executara os atentados de 11 de setembro contra Nova York e Washington.

Farid levantou-se para saudar Bob e, em seguida, os três se sentaram.

Bob perguntou, apontando para as malas:

— Você viaja hoje?

Farid fez que sim.

— Eu e meu filho. Estamos voltando para São Paulo. Ele tem a escola e eu preciso retomar meu posto no escritório brasileiro da Wazimed.

Farid e Antônio foram hóspedes de Rachel naquele período, quando precisaram prestar depoimentos à polícia e colaborar com os inquéritos das mortes de Norberto Amato e Fiona Rogers e da rede de tráfico montada na Wazimed.

As investigações não haviam acabado. Edwina Whitaker e seus comparsas estavam presos, a carga de entorpecentes havia sido interceptada pela polícia na estrada para Boston e a "Igreja Gotthart" estava interditada. Para desarticular o esquema por completo, contudo, faltava prender os receptadores no Brasil e, principalmente, o fornecedor das drogas sintéticas. Conhecido apenas como "Big Job", ele era dono de, pelo menos, três laboratórios clandestinos em Nova York e Nova Jersey.

Um silêncio incômodo pairou na sala. Foi o próprio Farid que o quebrou:

— Bob, acho que lhe devemos desculpas.

Bob não disse nada em resposta.

— Todas as evidências levavam a crer que você era o Bispo — completou Farid. — E nós fomos idiotas em acreditar nelas.

— Edwina foi muito hábil em plantar as pistas certas para incriminá-lo — acrescentou Rachel. — Eu lamento muito ter caído nelas. Você trabalhava para Yaakov havia anos. E nunca nos deu motivos para que suspeitássemos de você.

— Bob... — chamou Farid.

Bob olhou para ele e, então, Farid declarou:

— Por favor, nos perdoe.

Bob sorriu tristemente. Ele era um homem bom e religioso. Perdoar não seria problema. Na verdade, Bob nem chegara a ficar gravemente magoado com Rachel e Farid. Ele era capaz de compreendê-los. O que o entristecia mesmo era Edwina, a mulher com quem se casou e a quem amava. Como ele nunca enxergara quem ela realmente era? E pior: como ela tivera coragem de armar aquele plano horroroso? Contra ele, mas, também, contra a Wazimed.

Edwina não era só uma traficante de drogas sintéticas. Ela era também uma assassina. Seus capangas, obedecendo às suas ordens, haviam matado Norberto Amato e Fiona Rogers. E por muito pouco o infame depósito clandestino a que eles tinham a audácia de chamar de "igreja" não foi pelos ares matando Farid, Rachel, Antônio, Michael e o sobrinho de Fiona.

Bob era homem de gestos generosos. Mas ele não tinha certeza se conseguiria, algum dia, perdoar à esposa. Na manhã seguinte à prisão, confrontada com o excesso de provas e com o próprio flagrante, Edwina não teve saída senão contar toda a verdade à polícia. Ela confessou, por exemplo, que, durante anos, liderou um esquema criminoso na Wazimed e que, quando Yaakov e Farid desconfiaram e passaram a investigar, ela começou a arquitetar a própria fuga. Edwina só estava esperando a carga que sairia no dia 11 ser embarcada, para, ainda naquele mês de setembro, simular sua morte. O plano era irretocável: convocar uma reunião da Wazimed no depósito de Newark, deixar pistas de que estaria lá e mandar tudo pelos ares. Assim, ela poderia fugir incógnita e assumir outra identidade num país estrangeiro, enquanto ele, Bob, além de ser preso sob a acusação de ser o Bispo, ainda choraria o resto da vida a "morte" da amada esposa.

Edwina estava presa e ainda seria julgada e, provavelmente, condenada a muitos anos de reclusão. Levaria um bom tempo até os dois terem a chance de se reencontrar em circunstâncias normais. Bob tinha esperanças de, até lá, já ter reconstruído sua vida e de ter apagado Edwina para sempre da sua memória.

— Nunca fiquei aborrecido com vocês — Bob respondeu. — Por isso não há o que perdoar.

— Pois então, prove! — disse Farid.

Bob ficou aturdido, sem entender o que ele queria dizer.

— Sim, prove! — completou Rachel. — Prove que não guarda nenhuma mágoa de nós, aceitando o que vamos oferecer agora: a presidência da filial da Wazimed em Nova York.

— O novo escritório da Wazimed — emendou Farid. — O escritório que você, inclusive, começou a procurar no dia seguinte aos atentados. Veja se aquele corretor já tem uma nova sede em vista para a nossa empresa.

Farid se referia a Jeffrey Cornwell, da corretora Admiral Proprietas, que Farid e o Agente K detiveram no dia 12 de setembro, depois que ele se encontrara com Bob para um lanche na Carnegie Deli. Cornwell fora libertado naquela mesma noite e só não entrou com um processo contra Farid porque o Agente K explicou a ele todo o drama pelo qual o homem passara: desde o esquema de corrupção na empresa até a morte da mulher nas Torres Gêmeas e o sequestro do filho. Cornwell, que perdera um primo nos atentados, se sensibilizou e decidiu relevar.

— Falarei com ele amanhã — Bob concordou. — Hoje é domingo.

— Isso significa que você aceita o posto que estamos lhe oferecendo? — Rachel animou-se.

Bob falou sem titubear:

— É claro. A Wazimed é a minha vida. Fico feliz por vocês continuarem confiando em mim. Garanto que não vão se decepcionar.

Farid levantou-se e, contrariando o protocolo, deu um abraço tão apertado em Bob que este quase chegou a perder o ar.

— Tenho certeza que, de agora em diante, a Wazimed começa uma nova e boa etapa. Nós vamos renascer dos escombros do World Trade Center.

A ocasião precisava ser celebrada e Bob, após alguma insistência, acabou deixando a cerimônia de lado e aceitando o convite para almoçar. Rachel tinha preparado sopa de ervilha, costela de carneiro assada com molho de mostarda e arroz com legumes.

Fora o segundo grande almoço daquela semana na *townhouse* dos Zilberman. No dia 19, para celebrar o *Rosh Hashaná* e indo contra o que se espera de uma mulher de luto, Rachel preparara um banquete. Os católicos Farid e Antônio juntaram-se alegremente a ela e Michael para saudar a entrada do ano-novo judaico de 5762, degustando deliciosos pratos de arenque marinado, *kuguel* de batata e *kneidlach*, além de bolo de mel e *strudel* de maçã, como sobremesa. Tudo acompanhado de pão *chalá* redondo. Rezaram juntos, cada qual em sua fé, por dias melhores e, em dado momento, choraram pela tragédia recente e pela partida de Leila e Yaakov.

Por várias vezes, foram tomados por uma percepção estranha de que os dois não tinham morrido. Era como se tudo não passasse de uma ilusão e, a qualquer instante, Leila e Yaakov fossem aparecer na mesa para se juntar a eles no jantar. Nenhum dos quatro voltara ao entorno do World Trade Center depois da manhã do dia 11 quando Rachel socorrera Antônio em meio à confusão e à poeira da queda das torres. Assistiam ao noticiário pela televisão e ficavam sabendo dos esforços das equipes de resgate, da dor das famílias que perderam parentes e da comoção mundial. A década de 1990 tinha sido uma fase de intenso otimismo, onde a maioria dos conflitos internacionais parecia que, enfim, seria resolvida. Agora vinha o terrorista Osama Bin Laden e sua Al-Qaeda para acabar com tudo e mostrar que o mundo ainda precisaria de muito tempo até chegar a um nível aceitável de amadurecimento.

Uma hora depois do almoço, Antônio telefonara a Stanley para se despedir e ficou contente ao perceber que ele havia recuperado totalmente a fala. O psicólogo que estava tratando dele dissera que a perda da voz aconteceu devido a um momento de estresse extremo. Era a chamada "afonia histérica".

Depois, encontrou Michael, pensativo, sentado na escrivaninha do gabinete do pai, lendo alguma coisa.

— Em que está pensando? — Antônio perguntou.

Michael pareceu despertar de um transe.

— Em como a vida é esquisita — ele respondeu.

— Por que está dizendo isso?

— Vê se você não concorda comigo? Há quase dez anos havia uma rede de tráfico funcionando dentro das empresas dos nossos pais. A Edwina tinha marcado de explodir o depósito e fugir no dia 11 de setembro. Só não fez isso por causa dos atentados, que mataram sua mãe e meu pai e paralisaram o mundo inteiro.

— Entendo aonde você quer chegar: ela só foi presa porque houve os atentados...

— É. Ninguém imaginava que ela estava planejando mandar tudo pelos ares.

Foi então que Antônio reparou no que Michael tanto lia: a agenda de Yaakov no dia 11 de setembro.

Havia dois compromissos anotados.

O primeiro, pela manhã, era o café da manhã com Leila Wassouf no restaurante da Torre Norte do World Trade Center.

O segundo, no final da tarde, era uma reunião no depósito da Wazimed, em Newark, para falar do esquema criminoso dentro da firma. Todos os funcionários e a diretoria deveriam participar, incluindo Yaakov, Rachel e Leila. Bob ficaria no escritório, no World Trade Center.

A reunião tinha sido convocada por Edwina.

Seria a reunião em que o depósito explodiria. Edwina fugiria e Bob seria incriminado.

— É como se minha mãe e seu pai tivessem dado a vida para salvar meu pai, sua mãe e a empresa.

— E fazer justiça.

— A vida parece que não tem muita lógica mesmo...

— Acho que não.

Farid e Rachel assomaram no batente da porta

— Está na hora de irmos embora, filho — Farid disse a Antônio. — Hoje é domingo, mas não é bom brincar com o trânsito.

Antônio e Michael deram-se um abraço forte, um abraço de irmãos.

— Volte sempre — Michael disse.

— E você venha visitar a gente no Brasil — respondeu Antônio.

Eles desceram juntos para o térreo. Rachel achou graça e comentou:

— Tornaram-se os maiores amigos. Depois de tanta desgraça, é algo bonito de ver.

Farid sorriu, lembrando-se do amigo Yaakov, e sentenciou, em tom gaiato:

— Isso é sinal de que o futuro da nossa empresa está garantido. Pelo menos até a próxima geração.

e Station
Bronx

Primeira edição: junho de 2011
Impressão: Gráfica Stamppa